文章読本

吉行淳之介 選
日本ペンクラブ 編

中央公論新社

文章読本　目次

文章読本

文章の上達法

谷崎潤一郎

○ 文法に囚われないこと

文章の上達法については、既に述べたところで自《おのずか》ら明らかになっている点が多いと思いますから、こゝにくだ〳〵しくは申しますまい。で、出来るだけ簡単に説いて、御注意を促すに止めて置きます。

第一に申し上げたいのは、

文法的に正確なのが、必ずしも名文ではない、だから、文法に囚われるな。

と云うことであります。

全体、**日本語には、西洋語にあるようなむずかしい文法と云うものはありません。**テニヲハの使い方とか、数の数え方とか、動詞助動詞の活用とか、仮名遣いとか、いろ〳〵日本語に特有な規則はありますけれども、専門の国学者でもない限り、文法的に誤りのない文章を書いている人は、一人もないでありましょう。また、間違えても実際には差支えなく通用している。私がしば〳〵奇異に感ずるのは、電車に乗ると、車掌がやって来て「誰か切符の切ってない方はありませんか」と云って廻ります。この車掌の言葉などは、文法的に解剖すると、よほどおかしい。しかし実際にはこれで通用しているので、もしこの言葉を文法的に間違いなく云おうとすると、どんな風に云ったらよいか、よほど長たらしい、聞き取りにくいものになるでありましょう。こう云う例は幾らもあるのでありまして、われ〳〵の国の言葉にもテンスの規則などがないことはありませんけれども、誰も正確には使っていませんし、一々そんなことを気にしていては用が足りません。「した」と云えば過去、「する」と云えば現在、「しよう」と云えば未来でありますが、その時の都合でいろ〳〵になる。一つの連続した動作を叙するにも、「した」「する」「しよう」を同時に使ったり前後して使ったり、全く規則がないのにも等しい。だがそれでいて実際には何の不便もなく、現在のことか過去のことかはその場〳〵で自《おのずか》ら判別がつく。日本語のセンテンスは必ずしも主格のあることを必要としない。「お暑うございます。」「お寒うございます。」「御機嫌はいかゞでいらっしゃいます。」などと云う時に、一々「今日のお天気は」とか「あなたは」とか断る者は誰もいない。「暑い。」「寒い。」「淋しかった。」でも、立派に一つのセンテンスになり得る。つまり日本語には英文法におけるセンテンスの構成と云うようなものが存在しない。どんな句でも、たった一つの単語でも、随時随所に独立したセンテンスになり得るのでありますから、われ／＼は特にセンテンスなどと云うものを考えるまでもない。で、こう申しては少し極端かも知れませんが、日本語の文法と云うものは、動詞助動詞の活用とか、仮名遣いとか、係り結びとかの規則を除いたら、その大部分が西洋の模倣でありまして、習っても実際には役に立たないものか、習わずとも自然に覚えられるものか、孰方《いずれ》かであります。

しかしながら、左様に**日本語には明確な文法がありませんから、従ってそれを習得するのが甚だ困難**なわけであります。一般に、外国人に取って日本語ほどむずかしい国語はないと云われる。また欧羅巴《ヨーロッパ》の国語のうちでは、英語が一番習うのにむずかしく、独逸《ドイツ》語が一番やさしいと云われる。それはなぜかなら、独逸語には実に細かい規則がありますので、最初に一と通りその規則を覚え込んでしまえば、あとは一々の場合にそれを当て篏《は》めて行けばよい。然るに英語は、独逸語ほど規則が綿密でなく、また、規則に当て篏まらない例外の場合がある。たとえば文字の読み方にしても、独逸語の方は整然たる規則があるので、それに従えば知らない文字でも読むことだけは出来ますのに、英語の方は、aの字一つでもいろ／＼に発音する。況《いわ》んや日本語になると、読み方などは日本人の間でもまち〳〵であり、その他総《す》べての場合の規則が、あると云えばあるようなものの、外国人にも分るように説明せよと云われると、出来ないものが沢山ある。西洋人が最も困難を感ずるのは、主格を現わすテニヲハの「ハ」と「ガ」の区別だそうでありますが、なるほど、「花は散る」と云うのと「花が散る」と云うのと、明らかに使い道が違っておりまして、われ〳〵ならその場に臨んで迷うことはありませんけれども、さてそれを、一般に当て嵌まる規則として、抽象的に云えと云えば出来ない。文法学者は何とか彼とか説明を与えて、一応の体裁は取り繕《つくろ》うでありましょうが、そんな説明は実際の役に立たない。「でございます」「であります」「です」などの区別も、甚だ微妙でありまして、理窟では何とも片附けられない。そう云う次第でありますから、日本語を習いますのには、実地に当って何遍でも繰り返すうちに自然と会得するより外、他に方法はないと云うのが真実であります。

ところが、今日はどこの中学校へ行きましても、日本文法の科目があるのでありまして、皆さんもそれをお習いになったに違いない。これはいかなる必要があってそう云うものを教えるかと申しますのに、われ〳〵同胞は、外国人と違いまして、生れ落ちた時から国語に親しんでおりますが故に、口でしゃべる場合にはさしたる困難を感じませぬけれども、ひとたびそれを文字で現わす、文章で書く、と云う段になりますと、外国人と同じように、拠《よ》るべき規則のないことに悩まされます。殊《こと》に今日の学生は小学校の幼童といえども科学的に教育されておりますので、昔の寺子屋のような非科学的な教え方、理窟なしに暗誦《あんしょう》させたり朗読させたりするのでは、承服しない。第一頭が演繹《えんえき》や帰納に馴らされておりますので、そう云う方法で教えないと、覚え込まない。生徒がそうであるのみならず、先生の方も、昔のように優長な教え方をしてはいられませんから、何かしら、基準となるべき法則を設け、秩序を立てて教えた方が都合がよい。で、今日学校で教えている国文法と云うものは、つまり双方の便宜上、非科学的な国語の構造を出来るだけ科学的に、西洋流に偽装しまして、強いて「こうでなければならぬ」と云う法則を作ったのであると、そう申してもまず差支えなかろうかと思います。たとえば主格のないセンテンスは誤りであると教えておりますのは、そう定めた方が教え易く、覚え易いからでありまして、実際には一向その規則が行われていない。また、今日の人の書く文章には「彼は」「私は」「彼等の」「彼女等の」等の人称代名詞が頻繁に用いられておりますけれども、その使い方が欧文のように必然的でない。欧文では、使うべき時には必ず使ってありますので、勝手にそれを省くわけには行かないのでありますが、日本文では、同じ人の書いた文章の中でも、使われたり略されたりしていまして、合理的でない。それと云うのが、もともとそう云うものを必要としない構造なのでありますから、気紛れに使ってみることはありましても、長続きがしないのであります。

服部は何よりも自分の体の臭いを嗅ぐ時に、自分が馬だの豚だのと大して違いはない状態に居ることを感じた。この臭いが附いて居る自分は、高尚な人間の一人ではなく、虎や熊と一緒に動物園へ入れられる仲間であるような心地がした。けれども彼がその臭いを気にする間はまだ人間だったかも知れないのだが、貧乏が彼を堕落させるにつれて、彼は次第にそれを忘れるように努め、なるべく獣《けだもの》の仲間になる修行をした。もうこの頃では一と月に一度か二度も湯へ這入《はい》ればせい〳〵であった。それに、不養生の結果いつの間にか心臓を悪くして居て、とてもたび〳〵入浴する事は出来なかった。こんなになって居ても、彼はやっぱり死ぬのが恐《こわ》かったのであろう、風呂の中でふらふらと眩暈《めまい》がしたり、動悸が激しく搏《う》ち出したりすると、今にも気が違いそうに狼狽して、「助けてくれ！」と云いながらやにわに誰にでもしがみ着きたい気持になるのである。全く、死ぬよりは獣《けだもの》ででも生きて居る方が増しかも知れない！　だから服部はこの死の恐怖を逃れるためにも、不潔を忍ばなければならなかった。そうして今では、彼の周囲のあらゆる物に附き纏《まつ》わって居る悪臭を、まるきり感じないまでになっていた。のみならず、意地穢《いじきた》なの場合と同じに、その不潔の底に沈湎《ちんめん》する事を秘密な楽しみにもした。（中略）で、彼が今、南から貰った葉巻を持ちながら、その手元を不思議そうに眺めて居るのも、大分それに似た心持からであろう。やがて葉巻を左の手に持ち換えると、垢とやにとでべたべたになった右手の人差指と親指とを何か面白い事がありそうにぬるぬる擦《こす》り合って居たが、暫くすると、今度はその二本の指を鼻先で開いて脂汗《あぶらあせ》のために指紋がギラギラ光って居る指の腹をじっと視詰《みつ》めた、――相変らずどんよりした睡そうな眼をしながら。それから、指紋のギラギラから、ふと或る事を思い付いたらしく首を挙げて南を見た。

この文章は、私が十数年前に書いた「鮫人《こうじん》」と云う小説の一節でありまして、代名詞の使い方がいかに気紛れであるかを示すために、こゝに引用したのであります。当時私は、今でも多くの青年たちがそうであるように、努めて西洋文臭い国文を書くことを理想としておりました。さればこの文章の中にも、「彼は」「彼を」「彼の」等の代名詞が夥《おびただ》しく使ってありますが、御覧の如くその使い方に必然さがありません。「彼がその臭いを気にする間はまだ人間だったかも知れないのだが、貧乏が彼を堕落させるにつれて、彼は次第にそれを忘れるように努め」と云うあたりは、「彼」と云う言葉がうるさく出て来ますけれども、「やがて葉巻を左の手に持ち換えると」から以下、「首を挙げて南を見た」までには、一つも使ってない。これが英文でありましたならば、「やがて」から以下にも当然三人称代名詞が二つや三つは使われるはずでありますが、日本文だと、どんなに英文の真似がしたくても、そう頻繁に使うことは文章の体裁が許さない。最初は正確に使うつもりでいましても、いつの間にか国文の本来の性質に引き擦られて、真似が続かなくなるのであります。

次に皆さんは、これと比較するために左の古典文を読んで御覧なさい。

あふ坂の関守にゆるされてより、秋こし山の黄葉《もみぢ》みすごしがたく、浜千鳥の跡ふみつくる鳴海《なるみ》がた、不尽《ふじ》の高嶺の煙、浮島がはら、清見が関、大磯小いその浦々、むらさき艶《にほ》ふ武蔵野の原、塩竈《しほがま》の和《な》ぎたる朝げしき、象潟《きさがた》の蜑《あま》が笘屋《とまや》、佐野の舟梁《ふなはし》、木曽の桟橋《かけはし》、心のとゞまらぬかたぞなきに、猶《なほ》西の国の歌枕見まほしとて、仁安三年の秋は、葭《あし》がちる難波を経て、須磨明石の浦吹く風を身にしめつも、行く〳〵讃岐の真尾坂の林といふにしばらく笻《つゑ》をとゞむ。草枕はるけき旅路の労《いたはり》にもあらで、観念修行の便《たより》せし庵なりけり。この里ちかき白峰といふ所にこそ、新院の陵《みさゝぎ》ありと聞いて、拝みたてまつらばやと、十月《かんなづき》はじめつかたかの山に登る。松柏《まつかしは》は奥ふかく茂りあひて、青雲《あをぐも》の軽靡《たなび》く日すら小雨そぼふるが如し。児《ちご》ケ嶽といふ嶮《けは》しき嶽背《うしろ》に聳《そば》だちて、千仭《せんじん》の谷底より雲霧おひのぼれば、咫尺《まのあたり》をも鬱悒《おぼつかな》きこゝちせらる。木立わづかにすきたる所に、土墩《たか》く積みたるが上に、石を三つかさねて畳みなしたるが、荊棘葛蘿《うばらかつら》にうづもれて、うらがなしきを、これなん御墓にやと心もかきくらまされて、さらに夢現《ゆめうつゝ》をわきがたし。現《げ》にまのあたり見奉りしは紫宸清涼の御座《みくら》に朝政《あさまつりごと》きこしめさせ給ふを、百《もゝ》の官人《つかさ》は、かく賢《さかし》き君ぞとて、詔恐《みことかしこ》みてつかへまつりし。近衛院に禅《ゆづ》りましても、藐姑射《はこや》の山の瓊《たま》の林に禁《し》めさせ給ふを、思ひきや麋鹿《びろく》のかよふ路のみ見えて、詣でつかふる人もなき深山の荊《おどろ》の下に神がくれたまはんとは。万乗の君にてわたらせ給ふさへ、宿世《すぐせ》の業《ごふ》といふものゝ、おそろしくもそひたてまつりて、罪をのがれさせ給はざりしよと、世のはかなさに思ひつゞけて、涙わき出づるが如し。終夜《よもすがら》供養したてまつらばやと、御墓の石の上に座をしめて、経文徐《しづ》かに誦《ず》しつゝも、かつ歌よみてたてまつる。

これは徳川時代の国文学者、上田秋成の短篇小説集「雨月物語」の開巻第一に収めてある「白峰」の書き出しでありまして、物語の主人公は西行法師であり、こゝに掲げた十のセンテンスのうちの五つまでは西行が主格になっているのでありますが、「西行は」

とも「彼は」とも、主格と見なすべき言辞はどこにも発見されません。かつ、「仁安三年の秋」とあり「近衛院に禅りまして云々」とありますので、歴史を知っている者には時代を推測することが出来、「新院」と云う語がどなたのことを指しているのか分りますけれども、昔のことを記すのに「笻をとゞむ」「山に登る」「こゝちせらる」「よみてたてまつる」等、現在止めの文章で一貫しているのかと思えば、「笻をとゞむ」の直《す》ぐ後へ持って来て、「観念修行の庵なりけり」と、過去止めが挿《はさ》んである。されば英文法における歴史的現在、“Historical Present”の用法とも違っているのでありまして、結局、「時」の関係などは無視されているのであります。私はこの秋成の文章を古典的名文の一つに数えたいのでありますが、これがなぜ名文であるかは追って説明いたしますから、今は別に申しますまい。たゞ皆さんは、こう云う時間の関係も主人公の存在も分らないような文章こそ、われ〳〵の国語の特長を利用した模範的な日本文であることを、記憶して頂きたいのであります。

かように申しましても、私は文法の必要を全然否定するのではありません。初学者に取っては、一応日本文を西洋流に組み立てた方が覚え易いと云うのであったら、それも一時の便法として已《や》むを得ないでありましょう。ですが、そんな風にして、曲りなりにも文章が書けるようになりましたならば、今度はあまり文法のことを考えずに、文法のために措《お》かれた煩瑣な言葉を省くことに努め、国文の持つ簡素な形式に還元するように心がけるのが、名文を書く秘訣の一つなのであります。

○　感覚を研《みが》くこと

文章に上達するのには、どう云うのが名文であり、どう云うのが悪文であるかを知らなければなりません。しかしながら、文章のよしあしは「曰く云い難し」でありまして、唯今《ただいま》も述べましたように理窟を超越したものでありますから、読者自身が感覚を以て感じ分けるより外に、他から教えようはないのであります。仮りに私が、名文とはいかなるものぞの質問に強いて答えるとしましたら、

長く記憶に留まるような深い印象を与えるもの
何度も繰り返して読めば読むほど滋味の出るもの

と、まずそう申すでありましょうが、この答案は実は答案になっておりません。「深い印象を与えるもの」「滋味の出るもの」と申しましても、その印象や滋味を感得する感覚を持っていない人には、さっぱり名文の正体が明らかにならないからであります。簡素な国文の形式に復《かえ》れと申しましても、無闇に言葉を省いたらよい訳ではありません。

文法に囚われるなと申しても、故意に不規則な云い方をし、格やテンスを無視したものがよいとは限りません。時に依り、題材に依っては、精密な表現を必要とし、西洋流の言葉使いをもしなければならないのでありまして、あらかじめ「こうであらねばならぬ」「あってはならぬ」と、一律に極めてしまうことは危険であります。つまり、「名文とはかく／＼の条件を備えたものである」と云う標準がないのでありますから、文法的に正しい名文、文法の桁《けた》を外れた名文、簡素な名文、豊麗な名文、流暢な名文、佶屈《きっくつ》な名文と、各種各様な名文があるのでありまして、こう云う国語を持ったわれ／＼は、最も独創的な文体を編み出すことも出来、また、下手をすれば支離滅裂な悪文家に堕する恐れもある。しかも名文と悪文との差は紙一《ひ》重《え》でありまして、西鶴や近松のような独創性のない者が彼等の文章の癖を真似ると、多くの場合物笑いの種になるような悪文が出来上るのであります。

行するゑのしらぬ浮世、うつり替るこそ変化《へんげ》のつねにおもひながら、去年もはや暮て、初霞の朝長閑《のどか》に、四隣《しりん》の梢も蠢《うごき》、よろづ温和にして心もいさましげなるこそ、しばらく此所《このところ》をも去て世の有様をも窺ひ猶身の修行にもせんと思ひ、さしも捨がたき窟《いはや》の中を立出《たちいで》、志《こゝろざ》して行国《ゆくくに》もなく心にまかせ歩行《あゆみゆく》に時は花咲比《はなさくころ》、樽に青氈《せいせん》かつがせさゝへに席を付《つけ》て、男女《なんによ》老少あらそひこぞり、桜が下に座の設して遊ぶに、此景たゞに見てのみやあらん、花のおもはん事もはづかしなンど、詩にこゝろざしをのべ、歌に思ひを吐《はき》、楊弓に興じ、囲碁にあらそふ、思ひ〳〵の成業歌舞音曲《せいげふかぶおんぎよく》も耳に満て、其様言葉にのぶべくもあらず、又ある松の木隠《こがくれ》に、その体《てい》うるはしき男の色ある女に、湯単包《ゆたんつゝみ》をもたせ、藤浪のきよげなる岩間づたへに青苔の席をたづねて来りしが、とある所に座して、竹筒より酒を出《いだ》し、酔をすゝめて花見るさま也、時へて後彼女《かのをんな》にもたせし包物を明て、ちいさき舂《うす》、ほそやか成杵《なる》を取出して二人の手してしらげゝるが、また水を汲《くみ》、火をきりなンどして、あたりの散葉《ちりば》拾ふて、炊揚《たきあげ》つゝ、たはふれ笑ひ、たのしげに食ふ、

（西鶴著艶隠者巻之三「都のつれ夫婦」）

かくの如き文章は、何とも云えない色気に富んでおりますが、またこのくらい癖のある文章も少い。これを秋成のものに比べてみますと、言葉の略しかた、文字の使いざま、その他すべての点にわたって、一層文法の桁を外れている。実に西鶴の文章は、僅《わず》か五六行を読んでも容易に西鶴の筆であることが鑑定出来るくらい、特色が濃いのでありますが、正直のところ、西鶴であるからこれを名文と云い得るのであって、一歩を誤れば

非常な悪文となりかねない。しかもその一歩の差と云うものが到底口では説明出来ないのでありまして、やはり皆さんが、めい〳〵自分で感得するより仕方がない。また、次に掲げるのは森鷗外の「即興詩人」の一節でありまして、西鶴とは全然別種の、素直な、癖のない書き方でありますが、かくの如きものも正しく名文の一つであります。

忽《たちま》ちフラスカアチの農家の婦人の装したる媼《おうな》ありて、我前に立ち現れぬ。その背はあやしき迄直《すぐ》なり。その顔の色の目立ちて黒く見ゆるは、頭より肩に垂れたる、長き白紗《はくさ》のためにや。膚《はだへ》の皺は繁くして、縮めたる網の如し。黒き瞳は眶《まぶち》を塡《う》めむ程なり。この媼は初め微笑《ほほゑ》みつゝ我を見しが、俄《にはか》に色を正して、我面を打ちまもりたるさま、傍《かたはら》なる木に寄せ掛けたる木乃伊《みいら》にはあらずやと、疑はる。暫しありていふやう。花はそちが手にありて美しくぞなるべき。彼の目には福《さいはひ》の星ありといふ。我は編みかけたる環飾《わかざり》を、我が唇におし当てたるまゝ、驚きて彼の方を見居たり。媼またいはく、その月桂《ラウレオ》の葉は、美しけれど毒あり。飾に編むは好し。唇にな当てそといふ。此時アンジエリカ籬《まがき》の後《うしろ》より出でゝいふやう。賢き老媼《おうな》、フラスカアチのフルキヤ。そなたも明日《あす》の祭の料にとて、環飾編まむとするか。さらずば日のカムパニヤのあなたに入りてより、常ならぬ花束を作らむとするかといふ。媼賢き目《まみ》はかく問はれても、顧みもせで我面のみ打ち目守《まも》り、詞を続ぎていふやう。此時なり。日の金牛宮を過ぐるとき誕《うま》れぬ。名も財《たから》も牛の角にかゝりたりといふ。母上も歩み寄りてのたまふやう。吾子が受領すべきは、緇《くろ》き衣と大なる帽となり、かくて後は、護摩焚きて神に仕ふべきか、棘《いばら》の道を走るべきか。それはかれが運命に任せてむ、とのたまふ。媼は聞きて、我を僧とすべしといふ意《こころ》ぞ、とは心得たりと覚えられき。

西鶴の文を朦朧派とすれば、これは平明派であります。隅から隅まで、はっきり行き届いていて、一点曖昧なところがなく、文字の使い方も正確なら、文法にも誤りがない。癖が、こう云う文章を下手な者が模倣すれば、平凡で、味もそっけもないものになる。癖のある文章は却ってその癖が取り易く、巧味も眼につき易いのでありますが、平明なものは一見奇とすべき所がないので、真似がしにくく、どこに味があるのかも、初心の者には分りにくい。徳川時代では貝原益軒の「養生訓」とか新井白石の「折たく柴の記」とか云うものが、この平明派に属するのでありまして、教科書などに抜萃《ばっすい》してありますけれども、あゝ云う文章は、一つはその人の頭脳や、学識や、精神の光でありますから、そこまで味到しない者にはその風格が理解出来ないのであります。

要するに、文章の味と云うものは、藝の味、食物の味などと同じでありまして、それを鑑賞するのには、学問や理論はあまり助けになりません。たとえば舞台における俳優の演技を見て、巧いか拙いかが分る人は、学者と限ったことはありません。それにはやはり演藝に対する感覚の鋭いことが必要で、百の美学や演劇術を研究するよりも、カンが第一であります。またもし、鯛のうまみを味わうのには、鯛と云う魚を科学的に分析しなければならぬと申しましたら、きっと皆さんはお笑いになるでありましょう。事実、味覚のようなものになると、賢愚、老幼、学者、無学者に拘らないのでありますが、文章とても、それを味わうには感覚に依るところが多大であります。然るに感覚と云うものは、生れつき鋭い人と鈍い人とがある。味覚、聴覚などは取り分けそうでありまして、音楽の天才などと云われる人は、誰に教わらないでも、或る一つの音を聴いてその音色を味わい、音程を聴き分ける。また舌の発達した人は、全く原型を失うまでに加工した料理を食べても、何と何を材料に使ってあるかを云い当てる。その他、匂いに対する感覚の鋭い人、色彩に対する感覚の鋭い人等があるように、文章もまた、生れつきその方の感覚の秀でた人がありまして、文法や修辞学を知らないでも、自然と妙味を会得している。よく学校の生徒の中で、外の学課はあまり成績が芳しくなく、理解力等も一般より劣っていながら、和歌や俳句の講義をさせると先生も及ばぬ洞察力を閃《ひら》めかし、また文字を教えたり文章を暗誦させたりすると、異常な記憶力を示す少年がおりますが、こう云うのがつまりそれで、文章に対する感覚だけが先天的に備わっているのであります。しかしながら、これは生れつきの能力であるから、後天的には如何《いかん》ともし難いものかと云うのに、決してそうではありません。稀には感覚的素質が甚だしく欠けていて、いくら修練を重ねても一向発達しない人もありますけれども、多くは**心がけと修養次第**で、**生れつき鈍い感覚をも鋭く研くことが出来る。**しかも研けば研くほど、発達するのが常であります。

そこで、感覚を研くのにはどうすればよいかと云うと、

　出来るだけ多くのものを、繰り返して読むこと

が第一であります。次に

　実際に自分で作ってみること

が第二であります。

右の第一の条件は、あえて文章に限ったことではありません。**総べて感覚と云うものは、何度も繰り返して感じるうちに鋭敏になる**のであります。たとえば三味線を弾くのには、三つの糸の調子を整える、一の糸の音と、二の糸の音と、三の糸の音とが調和するように糸を張ることが必要でありまして、生来聴覚の鋭い人は、教わらずとも出来るのであ

りますが、大抵の初心者には、それが出来ない。つまり調子が合っているかいないかが聴き分けられない。そこで習い始めの時分は、師匠に調子を合わせて貰って弾くのでありますが、だん〴〵三味線の音を聞き馴れるうちに、音の高低とか調和とか云うことが分って来て、一年ぐらい立つと、自分で調子を合わすことが出来るようになる。と云うのは、毎日毎日同じ糸の音色を繰り返して聞くために、音に対する感覚が知らず識らず鋭敏になる――耳が肥えて来る――のであります。ですから師匠も、そう云う風にして弟子が自然と会得する時期が来るまでは、黙って調子を合わせてやるだけで、理論めいたことは云いません。云っても何の役にも立たず、却って邪魔になることを知っているからです。昔からよく、舞や三味線の稽古をするには大人になってからでは遅い、十歳未満、四つか五つ頃からがよいと云われるのは、全くこのためでありまして、大人は小児ほど無心になれないものですから、とかく何事にも理窟を云う、地道《じみち》に練習しようとしないで、理論で早く覚えようとする、それが上達の妨げになるのであります。かように申しましたならば、文章に対する感覚を研くのには、昔の寺子屋式の教授法が最も適している所以《ゆえん》が、お分りになったでありましょう。講釈をせずに、繰り返し〴〵音読せしめる、或は暗誦せしめると云う方法は、まことに気の長い、のろくさいやり方のようでありますが、実はこれが何より有効なのであります。が、そう云っても今日の時勢にそれをそのまゝ実行することは困難でありましょうから、せめて皆さんはその趣意を以て、古来の名文と云われるものを、出来るだけ多く、そうして繰り返し読むことです。多く読むことも必要でありますが、無闇に慾張って乱読をせず、一つものを繰返し〳〵、暗誦することが出来るくらいに読む。たま〳〵意味の分らない個所があっても、あまりそれにこだわらないで、漠然と分った程度にして置いて読む。そうするうちには次第に感覚が研かれて来て、名文の味わいが会得されるようになり、それと同時に、意味の不明であった個所も、夜がほの〴〵と明けるように釈然として来る。即ち感覚に導かれて、文章道の奥義に悟入するのであります。

しかし、感覚を鋭敏にするのには、他人の作った文章を読む傍ら、時々自分でも作ってみるに越したことはありません。もっとも、文筆を以て世に立とうとする者は、是非とも多く読むと共に多く作ることを練習しなければなりませんが、私の云うのはそうでなく、鑑賞者の側に立つ人といえども、鑑賞眼を一層確かにするためには、やはり自分で実際に作ってみる必要がある、と申すのであります。たとえば、前に挙げた三味線の例で申しますと、自分であの楽器を手に取ったことのない人には、中々三味線の上手下手は分りにくい。何度も繰り返して聞くようにすれば分って来ることは来ますけれども、そこまで耳が肥えるのにはよほどの年数がかゝるのでありまして、進歩の度が遅い。然るにたとい一年でも半年でも、自分で三味線を習ってみると、音に対する感覚がめき〳〵と発達して来て、鑑賞力が一度に進歩するのであります。舞踊などでも恐らくはそうでありまして、全然舞を知らない人が舞の上手下手を見分けるまでになりますのは、容易なことではありませんけれども、自分で習うと、他人の巧い拙いが見えるようになる。また料理などでも、自分で原料を買い出しに行き、親しく庖丁を取り煮焚《にたき》をした方が、たゞ食べてばかりいるよりも、遥かに味覚の発達を促進するに違いない。それから、これは私が安田靫彦《ゆきひこ》画伯から聞いた話でありますが、或る時画伯が云われるのには、世の中には美術批評家と云うものがあって、毎年展覧会の季節になると、出品画について彼れ此れと批評を下し、新聞や雑誌等へ意見を発表する、しかし画伯が長年の経験に依れば、それらの批評は画家の眼から見るといずれも肯綮《こうけい》に当っていない、褒めてあるものも貶《けな》してあるものも、皆的を外れているので、画家を心から敬服せしめ、或は啓発するに足りない、それに反して同じ画家仲間の批評は、さすがにこの道に苦労している人々の言であるから、しろうとには見得ない弱所を突き、長所を挙げてあるので、傾聴に値いするものが多いと云うのでありました。劇評家についてもこれと同じことが云えるのでありまして、藝のほんとうのよしあしは、舞台の数を踏んでいる俳優こそ、誰よりもよく知っているでありましょう。私は、自分の劇を上演する時に一流の歌舞伎俳優としばしば語り合ったことがありますが、彼等の多くは高等教育を受けていない人々で、近代美学の理論などは教わったこともないのですけれども、批評家の云う理窟ぐらいはいつの間にか体得しており、脚本に対する理解の行き届いているのには、毎々感服いたしました。彼等の頭は組織的な学問を覚え込むのには適していないのでありますが、感覚の修練を積んでおりますが故に、劇と云うものの神髄を嗅ぎつけることが出来るのであります。が、学校を出たばかりの人々、若い劇評家などは、この点の修行が足りませんから、藝のよしあしが分らず、従って芝居が分らないのであります。何となれば、演劇を理解するのには、舞台における俳優の一挙手一投足、セリフ廻し等の巧拙を理解することから始まるのでありまして、そう云う感覚的要素を離れて、演劇は存在しないからであります。されぱまだしも、都会に育った婦女子や市井の通人たちの方が、幼少の頃から何回となく芝居を見、名優の技藝に接して、感覚を研いておりますので、往々くろうとを頷かせるような穿《うが》った批評を下すことがあるのであります。

ですが、皆さんのうちには或は疑問を抱かれる方がありましょう。と申しますのは、総べて感覚は主観的なものでありますが故に、甲の感じ方と乙の感じ方と全然一致することはめったにあり得ない。好き嫌いは誰にでもあるのでありまして、甲は淡白な味を貴び、乙は濃厚な味を賞《め》でる。甲と乙とが孰《いず》れ劣らぬ味覚を持っておりましても、甲が珍味と感ずるものを乙がさほどに感じなかったり、またはまずいと感じたりする場合がある。仮りに甲と乙とが同様に「うまい」と感じたとしましても、甲の主観が感じている「うまさ」と、乙の主観が感じている「うまさ」と、果して同一のものなりや否やは、これを証明する手段がない。されば、もし文章を鑑賞するのに感覚を以てする時は、結局名文も悪文も、個人の主観を離れて存在しなくなるではないか、と、そう云う不審が生じるのであります。

いかにもこれは一応もっともな説でありますが、さような疑いを抱く人に対しては、私は下のような事実を挙げてお答えしたいのであります。それは何かと申しますのに、私の友人に大蔵省に勤めている役人がありますが、その人から聞いた話に、毎年大蔵省では日本の各地で醸造される酒を集めて品評を下し、味わいの優劣に従って等級をつける、その採点の方法は、専門の鑑定家たちが大勢集まって一つ〳〵風味を試してみた上で投票するのだそうでありますが、何十種、何百種とある酒のことでありますから、随分意見が別れそうでありますのに、事実はそうでないと申します。各鑑定家の味覚と嗅覚とは、それらの沢山な酒の中から最も品質の醇良な一等酒を選び出すのに、多くはぴったり一致する、投票の結果を披露してみると、甲の鑑定家が最高点を与えた酒に、乙も丙も最高点を与えている、決してしろうと同士のように、まち〳〵にはならないそうであります。この事実は何を意味するかと云うのに、感覚の研かれていない人々の間でこそ「うまい」「まずい」は一致しないようでありますが、洗練された感覚を持つ人々の間では、そう感じ方が違うものではない、即ち感覚と云うものは、一定の錬磨を経た後には、各人が同一の対象に対して同様に感じるように作られている、と云うことであります。そうしてまた、それ故にこそ感覚を研くことが必要になって来るのであります。

たゞしかしながら、文章は酒や料理のように内容の単純なものではありませんから、人に依って多少好む所を異にし、一方に偏《かたよ》ると云うような事実が、専門家の間においても全くないことはありません。たとえば森鷗外は、あのような大文豪で、しかも学者でありましたけれども、どう云うものか源氏物語の文章にはあまり感服していませんでした。その証拠には、かつて与謝野氏夫婦の口訳源氏物語に序文を書いて、「私は源氏の文章を読む毎に、常に幾分の困難を覚える。少くともあの文章は、私の頭にはすら〳〵と這入りにくい。あれが果して名文であろうか」と云う意味を、婉曲に述べているのであります。ところで、源氏のような国文学の聖典とも目すべき書物に対して、かくの如き冒瀆の言を為す者は鷗外一人であるかと云うのに、なか〳〵そうではありません。一体、源氏と云う書は、古来取り分けて毀誉褒貶が喧しいのでありまして、これと並称されている枕草紙は、大体において批評が一定し、悪口を云う者はありませんけれども、源氏の方は、内容も文章も共に見るに足らないとか、支離滅裂であるとか、睡気を催す書だとか云って、露骨な悪評を下す者が昔から今に絶えないのであります。そうして、それらの人々に限って、和文趣味よりは漢文趣味を好み、流麗な文体よりは簡潔な文体を愛する傾きがあるのであります。

けだし、我が国の古典文学のうちでは、源氏が最も代表的なものでありますが故に、国語の長所を剰《あま》すところなく発揚していると同時に、その短所をも数多く備えておりますので、男性的な、テキパキした、韻《ひびき》のよい漢文の口調を愛する人には、あの文章が何となく歯切れの悪い、だら〳〵したもののように思われ、何事もはっきりとは云わずに、ぼんやりぼかしてあるような表現法が、物足らなく感ぜられるのでありましょう。そこで、私は下のようなことが云えるかと思います。同じ酒好きの仲間でも、甘口を好む者と、辛口を好む者とがある、さように文章道においても、和文脈を好む人と、漢文脈を好む人とに大別される、即ちそこが源氏物語の評価の別れる所であると。この区別は今日の口語体の文学にも存在するのでありまして、言文一致の文章といえども、仔細に吟味してみると、和文のやさしさを伝えているものと、漢文のカッチリした味を伝えているものとがある。その顕著な例を挙げますならば、泉鏡花、上田敏、鈴木三重吉、里見弴、久保田万太郎、宇野浩二等の諸家は前者に属し、夏目漱石、志賀直哉、菊池寛、直木三十五等の諸家は後者に属します。もっとも、和文のうちにも大鏡や、神皇正統記や、折焚く柴の記のような簡潔雄健な系統がありますので、これを朦朧派と明晰派と云う風に申してもよいし、だら〳〵派とテキパキ派とも申せましょうし、或はまた、流麗派と質実派、女性派と男性派、情緒派と理性派、などと、いろ〳〵に呼べるのでありまして、一番手ッ取り早く申せば、源氏物語派、非源氏物語派になるのであります。で、これは感覚の相違と云うよりは、何かもう少し体質的な原因が潜んでいそうに思われますが、とにかく、文藝の道に精進している人々でも、調べてみると、大概幾分かは孰方かに偏っております。かく申す私なども、酒は辛口を好みますが、文章は甘口、まず源氏物語派の方でありまして、若い時分には漢文風な書き方にも興味を感じましたものの、だん〳〵年を取って自分の本質をはっきり自覚するに従い、次第に偏り方が極端になって行くのを、如何とも為し難いのであります。

かように申しましても、感受性は出来るだけ広く、深く、公平であるに越したことはありませんから、強いて偏ることは戒めなければなりませんが、しかし皆さんも、多く読み、多く作って行くうちに、自然自分の傾向に気付かれる折があるかも知れません。そうして、そう云う場合には、なるべく自分の性に合った文体を選び、その方面で上達を期するようにされるのが得策であります。

谷崎潤一郎（たにざき・じゅんいちろう　一八八六〜一九六五）
『文章読本』より「二　文章の上達法」を抜粋
初出　『文章読本』中央公論社、一九三四年
底本　『文章読本』改版、中公文庫、一九九六年

谷崎潤一郎の文章

伊藤　整

谷崎潤一郎は「春琴抄」の文体を決定する技術的な考え方を語った「春琴抄後語」（昭和九年）の中で、次のように述べている。作者は、客観的な描写法を主とした近代小説の文章とは違うこれ等の文体を使った自分の作品の初まりとして、「卍《まんじ》」を挙げ、そういう文体で書くことになったキッカケとなったのは、外国作家では「エロイーズとアベラール」以後のジョージ・ムアの諸作を読んだ時にその文体の面白さを感じたことだ、と言う。また日本の作品では「源氏物語」の文体から暗示を受けた、と言う。「卍」では、それでも会話のカギだけは使って地の文と区別したが、「蘆刈《あしかり》」では、それも除いて見た、と言っている。しかし、この作者がこのような文体の特色について書いたものは、「卍」を書く前年の昭和二年に「改造」に連載した「饒舌録」の中にもある。この頃から作者は所謂《いわゆる》現代小説らしい写実風と言われる文体に疑いを抱いて、新しい書き方を作り出す必要を感じていたらしい。スタンダールの「パルムの僧院」、「カストロの尼」から始まり「史記」、露伴の「運命」等の簡潔極まる書き方にある文体の力を、作者は「饒舌録」の中で推している。

作者は「春琴抄後語」の中で、文章の中にカギのついた会話を書き、それに続けて彼はこう言った、彼女はこう言ったと書くのは自分にはニガ手である。しかし、自分のように地の文の中へ会話を入れてしまうと会話のリズムが地の文と一致して行くために会話が死んだようなものになる危険がある。また本格的な小説の書き方でなく随筆風に(即ちこれ等の作品のように)書くのは小説作家としては楽な横着なやり方で、本当の小説と言われないのではないか、と批評する人が居り、自分も一時はそう考えたことがあるが、「現在ではそんな幼稚な馬鹿らしい考を捨ててしまつた」と述べている。即ち作者は確信をもってこの形式を使うようになったのである。

その原因は何か、と言うと、それは「読者に実感を起こさせる」ためであり、小説の一般的な形式というものは「巧ければ巧いほどウソらしくなる」ものになる、と言う。即ち小説らしい虚構感をさけて、いかにすれば日本の読者に人生そのものから来るような迫力を与える文章の形を作り出すか、ということが問題の中心である。ここで、前記の「饒舌録」の中に挙げられた作品のどれもが、人間の動きや心理や風物などを絵のように描き出す書き方と反対のもの、その行為の骨子のみを述べて、生活の内容の実感を強く刻み込むように簡潔に伝える形のものであることが思い出される。

「私は春琴抄を書く時、いかなる形式を取つたらばほんたうらしい感じを与へることが出来るかの一事が、何よりも頭の中にあつた。そして結果は、作者としては最も横着な、やさしい方法を取ることに帰着した。春琴や佐助の心理が書けてゐないと云ふ批評に対しては、何故に心理を描く必要があるのか、あれで分つてゐるのではないかと云ふ反問を呈したい」というのが作者の結論である。

更に、作者は「文章読本」において、日本の古典の小説類にある切れ目の分らない、地の文と会話の区別の不明瞭な文体は、それ自体の美しさを持っているので、一々細かく区別して描き、論理的に説明することが必ずしも真の文章の美しさをなすものではないこと、多少曖昧な不分明な所があっても、調子をたどり、一種のリズムをもって読み通される所に、日本文の本当の力があることなどを説明している。作者が「横着な、やさしい方法」と言っている言葉の背後には、日本文で人を本当に感銘させるには、その古い文体の力を生かすことが必要だ、ということのような積極的な考え方が横たわっている。

小説にとって文体のことは、大した問題ではない、と思う読者があるかも知れない。小説作家でも、文体がほとんど問題にならない人がいる。文体に無関心であるほどその力が集中して現われる武者小路実篤のような人もいる。しかし谷崎潤一郎にとっては、事情は全く違う。この作家の近代的な性格は、ここでは単に古い文体を採用するという横着な態度で語られているが、少くとも「饒舌録」を書いた時から「春琴抄後語」を書くまでの七年間、この文章についての考慮は続けられ、その考慮が色々と実験されて、これ等の作品を生んだのである。

これ等の谷崎潤一郎の昭和期の文章の第一の特色はこれ等の作品に見る一人称の文章である。話者が自分の見聞や記憶を物語る、という形である。だからその話者として一般に初めて出て来るのは、作者その人となる。その点では、「吉野葛」もその例外ではない。ところが話者である限りこの作者の所謂「ほんたうらしい感じを与へる」ことはできない。それで、これが作者の作り話でないという感じを出すためには、作者が誰かと交際し、その人から聞いた話、という形が次に取られる。それが「吉野葛」で使われている。更にそのような話なるものは、土地や風俗の描写を無視したものになりがちであるから、作者その人がその実在感を作るのに助力して、自らその土地を歩いて得た見聞とか、手紙や研究書などの、その事柄に関した部分を抄出した形式等によって、その「話」の周辺を固めて行く。或いは、古文書らしいものを架空に作り出して、これはしかじかの文書によった物語である、という形を作る。このような手法が、「春琴抄」にも「聞書抄」にも「吉野葛」にも使われている。

そしてそのような風に小説が構成される時、作者の心内で行われる操作は、「吉野葛」の初めの部分に、南朝の物語を書こうとした、という所をそのヒナ形と考えることができるだろう。「吉野葛」では、はじめ津村なる友人が現実に作者と行を共にした、という書き方によって、実在感の第一歩が与えられ、やがて亡き母が郷里の祖母から、自らの手ですいた紙に書いた手紙をもらい、それを後に津村が蔵の中から捜し出して読む、というあたりで、その実在感が極点に達するように描かれている。

「盲目物語」は体験者の独白の形をしていることでは「卍」と同様であるが、その文体が古風な仮名混り文で、いかにも徳川時代の初期の話者とその筆記者の実在を感じさせるようになっている。作為されたたどたどしい古文書体によって、かえって実在感を高めている。このような形により、時間的にさかのぼって、古文書のおぼろな形式を通して実在感を作り出すやり方は、文章の極度の練達者のみに可能な仕事である。実際の古文書によってその種の実在感を強く作り出した人としては歴史ものにおける露伴と鷗外がいる。その形の戯作を試みた人としては芥川龍之介がいる。潤一郎は、文章技術と古文書研究の両方から、大がかりに架空の物語による美の思想を実在化する方法としてこの形式を作った。

現代小説の一般的な書き方による実在感は空間的なものである。即ち物が今そこに眼に見える、手で触れるように描き出されることである。潤一郎がこれ等の作品で使った方法は、それに較べると時間的な、歴史的な方法と言ってもいいであろう。過去の中に、おぼろな存在の形を作り出すことによって、必要な所のみに光と色とを与え、印象の集中的美化を使うという仕方である。画家で言うとレンブラントのような闇と光との操作である。日本画の空白即ち無の中に力点となるもののみを生かすという方法とも近いものである。日本人の心の奥にある、伝説的な物語や聞き書きの文体に応じて動き出す感受性と安定感に訴えるものである。時間的にさかのぼることによって、その実在感をとらえようとしたこの試みの最も典型的なのは「聞書抄」であろう。読者から作者に送って来た古文書、それは徳川期の初期にある人が、石田三成の娘に当る年とった尼から四十年も昔に聞いた話を思い出して書き残したものである。しかもその尼の語る話は、語った時より五六十年も昔の幼時に関ヶ原の戦争の後で聞いたことである。その尼の聞いた話そのものは、更にその時から何年か前の秀吉の生きていた時代のことで関白秀次とその一族の滅亡の話である、という風に四段も五段も前へ前へとさかのぼっている。このような形式は、「アラビアンナイト」の中に使われている一人の話者の話の中に出る人物が物語をし、しかもその物語の中に出る人物が更に物語をする、という風に内側へ内側へと物語が重ねられる手法とも類似したものである。

〈文例〉

——谷崎潤一郎作「春琴抄」より——

佐助は前に述べた如く江州日野の産であつて実家は矢張薬屋を営み彼の父も祖父も見習ひ時代に大阪に出て鵙屋《もずや》に奉公をしたことがあるといふ鵙屋は実に佐助に取つて累代の主家であつた。春琴より四つ歳上で十三歳の時に始めて奉公に上つたのであるから春琴が九つの歳即ち失明した歳に当るが彼が来た時は既に春琴の美しい瞳が永久に鎖《とざ》された後であつた。佐助は此のことを、春琴の瞳の光を一度もなかつたことを後年に至るまで悔いてゐない却つて幸福であるとした。若《も》し失明以前を知つてゐたら失明後の顔が不完全なものに見えたらうけれども幸と彼は彼女の容貌に何一つ不足なものを感じなかつた最初から円満具足した顔に見えた。今日大阪の上流の家庭は争つて邸宅を郊外に移し令嬢たちも亦《また》スポーツに親しんで野外の空気や日光に触れるから以前のやうな深窓の佳人式箱入娘はゐなくなつてしまつたが現在でも市中に住んでゐる子供たちは一般に体格が繊弱で顔の色なども概して青白い田舎育ちの少年少女とは皮膚の冴え方が違ふ良く云へば垢抜けがしてゐるが悪く云へば病的である。これは大阪に限つたことでなく都会の通有性だけれども江戸では女でも浅黒いのを自慢にしたくらゐで色の白さは京阪に及ばない大阪の旧家に育つたぼんちなどは男でさへ芝居に出て来る若旦那そのまゝにきやしやで骨細なのがあり、三十歳前後に至つて始めて顔が赭く焼けて来て脂肪を湛《たた》へ急に体が太り出して紳士然たる貫禄を備へるやうになるその時分までは全く婦女子も同様に色が白く衣服の好みも随分柔弱なのである。まして旧幕時代の豊かな町人の家に生れ、非衛生的な奥深い部屋に垂れ籠めて育つた娘たちの透き徹るやうな白さと青さと細さとはどれ程であつたか田舎者の佐助少年の眼にそれがいかばかり妖しく艶に映つたか。此の時春琴の姉が十二歳直ぐ下の妹が六歳で、ぽつと出の佐助には孰《いづ》れも鄙《ひな》には稀な少女に見えた分けても盲目の春琴の不思議な気韻に打たれたといふ。春琴の閉ぢた眼瞼が姉妹たちの開いた瞳より明るくも美しくも思はれて此の顔は此れでなければいけないのだからあるのが本来だといふ感じがした。四人の姉妹のうちで春琴が最も器量よしといふ評判が高かつたのは、たとひそれが事実だとしても幾分か彼女の不具を憐れみ惜しむ感情が手伝つてゐたであらうが佐助に至つてはさうではなかつた。後日佐助は自分の春琴に対する愛が同情や憐愍から生じたといふ風に云はれることを何よりも厭ひそんな観察をする者があると心外千万であるとした。わしはお師匠様のお顔を見てお気の毒とかお可哀さうとか思つたことは一遍もないぞお師匠様に比べると眼明きの方がみじめだぞお師匠様があの御気象と御器量で何で人の憐れみを求められよう佐助どんは可哀さうぢやと却つてわしを憐れんで下すつたものぢや、わしやお前達は眼鼻が揃つてゐるだけで外の事は何一つお師匠様に及ばぬわしたちの方が片羽ではないかと云つた。但しそれは後の話で佐助は最初燃えるやうな崇拝の念を胸の奥底に秘めながらまめ〳〵しく仕へてゐたのであらうまだ恋愛といふ自覚はなかつたであらうし、あつても相手は頑是ないこいさんである上に累代の主家のお嬢様である佐助としてはお供の役を仰せ付かつて毎日一緒に道を歩くことの出来るのがせめてもの慰めであつたゞらう。いつたい新参の少年の身を以て大切なお嬢様の手曳きを命ぜられたといふのは変なやうだが始めは佐助に限つてゐたのではなく女中が附いて行くこともあり外の小僧や若僧が供をすることもありいろ〳〵であつたのを或る時春琴が「佐助どんにしてほしい」といつたのでそれから佐助の役に極まつたそれは佐助が十四歳になつてからである。彼は無上の光栄に感激しながらいつも春琴の小さい掌《てのひら》を己れの掌の中に収めて十丁の道のりを春松検校の家に行き稽古の済むのを待つて再び連れて戻るのであつたが途中春琴はめつたに口を利いたことがなく、佐助もお嬢様が話しかけて来ない限りは黙々として唯過ちのないやうに気を配つた。春琴は「何でこいさんは佐助どんがえゝお云ひでしたんでつか」と尋ねる者があつた時「誰よりもおとなしうていらんこと云へへんよつて」と答へたのであつた。元来彼女は愛嬌に富み人あたりが良かつたことは前に述べた通りだけれども失明以来気むづかしく陰鬱になり晴れやかな声を出すことや笑ふことが少く口が重くなつてゐたので、佐助が余計なおしやべりをせず役目だけを大切に勤めて邪魔にならぬやうにしてゐる所が気に入つたのであるかも知れない〔佐助は彼女の笑ふ顔を見るのが厭であつたといふ蓋《けだ》し盲人が笑ふ時は間が抜けて哀れに見える佐助の感情ではそれが堪へられなかつたのであらう〕

伊藤　整（いとう・せい　一九〇五～六九）
『文章読本』より「谷崎潤一郎の文章」を抜粋
初出　未詳
底本　『文章読本』河出新書、一九五四年

僕の文章道

萩原朔太郎

僕の文章道

僕の文章道は、何よりも「解り易く」書くということを主眼にしている。但《ただ》し解り易くということは、くどくどと説明するということではない。反対に僕は、できるだけ説明を省略することに苦心して居る。もし意味が通ずるならば、十行の所を五行、五行の所を一行にさえもしたいのである。特に詩やアフォリズムを書く時には、この節略を最小限度にして、意味を暗示の中に含ませることを苦労する。もしそれが可能だったら、ただ一綴《ひとつづ》りの言葉の中に、一切の表現をし尽してしまいたいのである。しかし普通の散文、特に論文などを書く時は、暗示や象徴でやるわけに行かないので、多少冗漫な叙述風になるのは止むを得ない。しかしその場合でも、僕は出来るだけ簡潔に、そして意味をはッきりと、明晰に解り易く書くことに苦心する。僕は自分自身の頭が悪く、注意力が他へ放散し易い気質なので、他人の書いた文章でも、少しくどくどして叙述が混脈している類のものは、到底難解で読むに耐えない。それで僕の好きな文章家は、昔から森鷗外と芥川龍之介の二人であった。二人の文学上の傾向はちがって居るし、芸術品としての内容価値でも、必ずしも僕が私淑するというわけではないのであるが、文章そのものが明晰であり、如何にも簡潔で解りよい点が好きなのである。

論文を書く場合、僕は特にこの「解り易い」ということに苦心する。と言うのは、一体日本人の書く論文という奴が、文章の難解さと混脈さで、いつも僕を不愉快に苦しめるからである。西洋人の書いた哲学を、西洋の原書で読むとよく解るが、日本人の書く哲学書類は、始めから難解で一頁も解らない。と谷崎潤一郎氏が「文章読本」の中で言っている。これは全く正直な告白である。僕もかつて心理学に興味をもち、当時出版された日本の学者等の著書を読んだが、始めから表象だの連想だのという専門の術語が飛び出してくるばかりで、実に乾燥無味の上に難解至極の学問なので、何れも始めの五頁位しか読まないで投げてしまった。然るにその後、偶然の機会でエビングハウスの心理学や、ウィリアム・ゼームスの心理学やを、原書に忠実な飜訳で読んでから、始めてその学問の意味と面白さが解った次第だ。

もっとも僕等の文学者が書く論文は、そうした学術上の論文ではなく、筆者の直感や主観的情操を主にしたエッセイ風のものであるから、思想上の意味で難解ということはない筈《はず》なのだが、それがどうも実際には、難解が多すぎて困るのである。特に就中《なかんずく》、詩人という連中の文章は難解である。必要もない所に、むやみに学術上の専門用語を使ったり、故意に（としか僕には思えない）気取った言い方をして、詭弁学風に曲説をし、無理にロジックを混脈させて難解にして居るのである。僕の見るところによれば、これは詩人の若い年齢がさせる所の、一種のペダンチシズムの乳臭であり、稚態のダンディズムであると思う。そこでまた同じような若い詩人が、そうした論文を見て感心し、諸方で喝采をするのである。解って喝采をするのではない。読者もまたその筆者と同じように、その難解な言葉や文章に威権を感じ、解らないことによって偉さを思い、少年のペダンチシズムとダンディズムとで、一種の「酔」を感じて悦ぶのである。

僕の文章や論文は、こうした少年諸君に歓迎されない。のみならずこれらの人から、いつも平凡なつまらぬ真理、即ち「常識的」だと言って軽侮される。ところで真理というものは、いつも極《きま》って「平凡な常識」にしか過ぎないのである。ニュートンが発見した引力の真理は、木から林檎が落ちるという、だれも知ってる平凡な事実を、単に学術上で説明づけたに過ぎなかったし、仏陀が発見した一つの真理は、人生の真の救いが、宗教の外見上の儀式や苦行にあるのでなく、自己の心の直接な救済にあるということだった。真理というものは、人の知らない奇矯なことを言うのでなく、だれもみな心の底ではよく知って居り、本能的には充分解って居りながら、意識上で忘れて居り、認識に反省されて居ない一つのことを、新しく取り出して提出し、弁証づけることの価値を言うのだ。最も手近い例を言えば、真の詩的精神を表現すべき筈の正しい詩が、散文とちがった特殊の音楽性（調べ、しおり）を必然に欲求すべきこと、或は内容上で、散文とちがった高度の主観的情緒性を持つべきことは、すべての詩を書くほどの人々には、必ずみな本能的、直感的に解り切ってる筈なのである。しかも多くの人々は、今日の散文時代を代表するところの、時潮的な散文主義の文学論に同化されたり、或はそうした時流的な流行詩論に迷わされたりして、心の底で本能が知っていることを、意識の上で否定して居り、自ら欺いて真理の認識を避けてるのである。僕が「純正詩論」で掲げたものは、何の新しいドグマでもなく奇説でもない。仏陀や、カントや、ソクラテスやの真理と同じく、すべての人々がよく知って居り、そしてしかも意識に忘れ、反省に昧《くら》まして居る一つのことを、特に義《ただ》しく提出して、正に没落しようとしている詩のために、今日危機の鉄板を叩いたに過ぎないのである。

　こうした自分の立場からも、僕は常に率直に物を言い、できるだけ解り易く、説明を単純にし、文章を「判然明白に書く」ということを主義にして居る。ただ不幸にして、僕は文才に乏しく、その上に論理的な冷徹の頭脳を欠いているので、結果が意図と一致せず、読者に却って混乱矛盾の感をあたえ、難解の迷惑をかける場合が多いのである。此処には雑誌社の依頼に応じて、自分の意図する文章道の心がけを書いたにすぎない。

作文の話

学校の時、僕は作文の時間が大嫌いであり、同時にまた大好きであった。嫌いというわけは、受持ちの教師によって、僕に全く興味のない課題を出すからだった。例えば「机」というような題を出して、所感を述べろと言うのである。但しその前に、教師が一通り説明する。即ち机が如何なる材料によって造られてるか。使用の目的は何か。種類はいくつあるか。形はどうであるか。脚は何本あるか。等々の説明である。こいつが僕には苦手であって、どうも教師の言う通りにうまく書けない。仕方がないので、結局「机ハ木ニテ造リ、勉強ノ道具ナリ。」と一行に書いて出し、丙を頂戴することになる。もっと困るのは、日常書簡文の練習である。例えば「花見に友を誘う文」というような題を出される。僕にはそんな友人が無い上に、てんで花見に行こうなんて気がないので、いくら頭をひねって考えても、何にも書くことの材料がない。そこで結局「花見ノ頃トナリマシタ。明日午後、上野へ御一所ニ行キマセウ。サヨナラ。」と、簡単明瞭に書いて出し、教師から駄目を押されて叱責される。そこへ行くと優等生の模範作文はうまいもので、先《ま》ず陽春の気候を叙し、桜花の美を讃え、遊山の興を述べ、友の近況を問い、最後に眼目の用件を述べるのである。もっともこれは、初めに先生が一通り概説してくれるのだから、生徒の独創で書いたのではなく、文字通り「文を作った」文章なのだが、それが即ち「作文」としての上乗なのだ。一体、学校の優等生という連中は、他のすべての学課を通じて、こうした「要領」を摑むことの名人なのだ。あえて劣等生であった僕が、負惜しみで言うわけではない。

しかしまた教師によっては、時に自由課題等によって、生徒の所感を勝手に書かせる場合もある。こういう時には得意のもので、滔々《とうとう》数千言、教師を驚かせるような長文を書き、ウルトラ甲上の三重丸を頂戴した。そこで僕の作文点は、甲上と丙下の両極端で、中間の乙という点が無いのであった。しかし近頃文筆稼業を始めてから、次第にこの両極の対比がなく、中庸の乙ばかりが増えるようになって来た。それは色々な雑誌社やジャーナリストから、学校式の課題作文を課せられるので、否でも練習をせねばならず、原稿紙を埋めることの作文術が、上達して来た為なのである。

このジャーナリストの注文には、しかし最初の中《うち》は全く困った。先方の出す注文課題が、うまくこっちの興味と一致し、自分の書きたいことに触れてる場合は好いのであるが、先ずそんなことは偶然であり、たいていはちぐはぐに食いちがってる。僕は文筆稼業を始めてから、久しく忘れて居た小学校時代の古い記憶、鉛筆の心《しん》を嘗《な》めながら、一時間も頭をひねって苦しみぬき、最後に白紙を出した苦い記憶を思い出した。そんな思いをする位なら、初めから注文を謝拒して、こっちが何時《いつ》でも好きな時に、興に乗って書いた作品だけを、逆に自分から持ち込んで行く方が好いのであるが、僕の過去の経験からして、この手が全く通用しないことを知ったので、近頃はすっかりあきらめてるのである。

だが習うよりは慣れろである。次第にその無理をしている中に、だんだん課題作文がうまくなった。つまり注文して来る課題の中に、何かしら自分の興味の種を見附けて、無理にこじつけてしまうのである。こいつは一つの練習だが、つまりは平常の心がけで、だれにも出来る芸当である。これが熟練してくると、どんな雑誌社の注文にも恐れなくなる。さあ矢でも鉄砲でも持って来い、と言う気になる。しかし種のない手品はできない。こっちに満更《まんざ》ら主観的関心のない問題や、ジャンルのちがった別世界の作品などを課題されると、こいつは文句なしに断る外はないのである。しかしジャーナリストの方でも、たいていの見当は附けてるから、そんな意外な注文は滅多に来ない。不思議なことは、〆切間際まで何《ど》うでも書けずに悩んでる原稿が、最後の速達催促を受けた日には、苦し紛れに出来てしまうから妙である。精神一到、豈《あ》に何事か成らざらんやという真理は、この原稿稼ぎを経験した人にはよく解る。

つい最近まで、僕の所へいちばん多く来た注文は、詩を別として、所謂《いわゆる》「季節もの」の随筆である。ジャーナリストの常識では、この種の随筆は詩人の畠にきめてるらしい。つまり詩人という人間は、四季の変遷、花鳥風月の美を吟懐するものと極めて居るのだ。所があいにく、僕にはそんな風流心が微塵もないので、この種の課題作文がいちばん困る。いつも引き受けてしまった後で、散々な苦しみをし、ロクな金にもならない仕事で、間職に合わない馬鹿馬鹿しさを後悔して居る。そこで最近ふと思い附き、俳句の歳時記を買って置くことにした。すると例えば、初秋の随筆を頼まれた時、歳時記の頁をまくって、天文、地理、人事、草木、魚介等の各項から、種々のトピックを選出し、そこから思想の糸口が手繰《たぐ》り出せる。これはまことに便利である。だが本来言えば、この種の随筆の注文は、専門の風流人たる俳人や歌人に持って行くべきで、僕等の新派詩人の所へ来るのは無理である。僕等はゲーテやボードレエルと同じく、宗教や恋愛に関するヒューマニズムの問題なら、いくらでも悦んで議論するが、雪月花の風流には少しく無関心の徒輩であるから。

要するに文筆稼業というものは、或る意味に於て文字通りの作文（文を作るの技術）である。考えて見れば馬鹿馬鹿しい。しかしその作文の課題を通じて、自由に自分の主観を述べ、勝手放題の事を書き、逆にそのジャーナリズムを、自家の文学に利用するようにさえなれば、これほどまた愉快な仕事はない。そしてまた実際に、多くの文士はそれをやって居るのである。

詩人は散文を書け

今の日本の所謂自由詩と称するものは、詩としてあまりに非芸術的無形態にすぎるものだが、一種の散文（詩人の散文）として見る時、初めて特殊の意義があるという、百田宗治君の説には賛成である。つまり今の自由詩という文学は、正しい意味での「詩」ではなくって、「ライン書式で書いた散文」の一種なのである。所でこのライン書式というものは、普通の縦書きに比して読み易く、多少印象的に感じられるという点で特色があり、一概に無意義として排すべきものではないが、それが錯覚した韻文意識を持つところに、僕等の啓蒙すべき詩論があるのだ。いっそ無韻律の詩を書くほどなら、大胆に散文意識を徹底して、普通の散文を書く方が好いのである。

僕は日本の詩人に向って、大いに散文を書くことを勧告する。と言うのは、日本には真の「詩的散文」というものが無いからである。西洋では、この種の文学をエッセイと呼び、詩人の文学として特殊の文壇的地位を占めてる。日本でもずっと昔は、「枕草子」や「方丈記」や、芭蕉の旅行記を書いた「奥の細道」という類のものがあり、詩的散文として文壇の第一位に権威して居た。明治以後になっても、高山樗牛《ちょぎゅう》のような詩人的エッセイストや、川上眉山のような美文的随筆家が居て、尚盛んにこの種の詩的散文を書いて居たが、その後に自然主義が横行して、すべての詩的精神を虐殺するようになってから、現代では全くそれが見られないようになってしまった。

今の日本の詩人は、形態の問題で行詰り、絶望的に困難なジレンマに陥って居る。詩人が自ら自縄自縛し、手も足も出ないような状態に居て、無理に苦しがった詩を書いてるより、むしろ大いに雄躍して、自由な散文を書く方が好い。実に現代の日本文化は、詩人に「詩」を求めないで、「詩的散文」を求めてさえ居るのである。換言すれば今の日本は、未だ真の意味で「詩」というべき文学が生れ得ない状態の社会にある。そこで今日詩的精神を持ってる人々は、已《や》みがたくエッセイや散文詩やの、詩的散文を書く外にないのである。今日詩壇で自由詩と称する文学も、実にはこの「詩的散文」の一種であって、現代の日本文化が所産しなければならなかった、時代の已みがたい文学だった。自由詩の名称と、それのライン書式は馬鹿気て居り、虚妄の韻文的錯覚にすぎないけれども、それは時代の詩的精神が求めたところの、一つの必然的な文学であり、その点で価値を認めなければならないのである。

しかし自由詩の錯覚が分明して、それの散文的本質が解った今では、むしろライン書式の迂愚《うぐ》を廃し、普通の縦書きの書式によって、大いに散文（詩的散文）を書く方が好い。前にもかつて「読売新聞」で論じた如く、日本には真のエッセイや随筆を書く人がなく、低調卑俗の漫談ばかりが、随筆という名で流行して居る。真のエッセイや随筆や、此等《これら》の文学は、散文精神によって書かれないで、詩的精神によってのみ書かるべきだ。即ち此等の文学は、詩人によってのみ書かるべきだ。しかも日本の詩人は、所謂自由詩以外に発展せず、この種の詩的散文を書く人のすくないのは、僕の意外に不思議とする所である。却って詩壇以外に、保田與重郎《よじゅうろう》君や辻野久憲君やの新人群から、この種の詩文的エッセイストが現れたのは何うしたわけか。今の日本に於て、真の詩精神や詩文学やが、詩壇以外から興りつつあるという僕の予感は、決して必ずしも無根拠のものでないだろう。

しかしさらによく鑑見すれば、僕等の詩人仲間に於ても、この種の詩的散文を書いてる人がすくなくない。野口米次郎氏のエッセイ、北原白秋氏や佐藤惣之助君の随筆などは、立派な芸術的形態を具《そな》えた詩文学である。室生犀星君の庭園を書いた随筆なども、また日本伝統趣味の詩的散文と言えるだろう。しかし最近感心したのは、堀口大學君の随筆と、中野秀人君のエッセイとである。堀口君はその「季節と詩心」と題する近刊書中で、南米ブラジルの原始林のことを書いてる。南国熱帯の森林中で、巨怪のような植物等が、性慾に燃えて生殖作用をする描写は、おそろしい迄《まで》にイマジスチックで、詩的散文の最高な表現を感じさせた。正直に告白すると、僕は堀口君の或る抒情詩（ヴェニュス生誕など）より、こうした散文の方にずっと芸術的なエロチシズムと、ずっと本質的な詩文学を感受した。中野秀人君の場合も同じく、前に「日本詩人」などに発表された自由詩よりも、最近「エクリバン」に書いた「真田幸村論」などの方が、遥かに文学として上乗であり、且《か》つ真の詩精神と詩芸術をもった表現だった。

かくの如く堀口君や中野君やは、詩文意識をもつことによって失敗し、散文意識をもつことによって、逆に却って詩文学として成功して居る。しかもこの現象は、多くの詩人についても一般的に見られるのである。よってこの事実から追及すれば、今日の日本文化が求めるものが、実の韻文学や詩形態やでなく、それに至る以前の文化としての、発生期的な「詩的散文」にあることが直覚される。僕が今日の詩人に向って、大いにエッセイ等を勧告する所以である。

萩原朔太郎（はぎわら・さくたろう　一八八六～一九四二）
僕の文章道　初出　未詳
作文の話　初出　未詳
詩人は散文を書け　初出『四季』一九三六年二月号
底本『萩原朔太郎全集』補訂版、第九巻・第十巻、筑摩書房、一九八七年

「が」「そして」「しかし」

井伏鱒二

お前の文体は――と聞かれたら私はシャッポを脱ぐ。交番で問いつめられたって同様である。気持のいい文体。浄化された文体。そんなのを成就することは自分には出来ない相談の一つである。いま一つの出来ない相談のうち、取扱う一つ一つの素材に対し、いちいちその素材に適応するような文体が生れたらどうだろうというのがある。

これに反して、戦争中に戦地において兵隊や徴員のことを書いた小説も、住みなれた日本にいるとき釣宿でバスガールのことを書いた小説も、二つとも文体が同じだという代表的な一例が挙げられるのは別に自慢になることではない。

私は戦争中に徴用されてマレーに行き、シンガポールの徴員宿舎で「花の町」という小説を書いて「東京日日」と「大阪毎日」に連載した。材料は当時シンガポールに進駐していた日本兵や徴員や、それに接触関係のあった華僑やマレー人の少年などとの交渉いきさつである。この小説を書く前々年には、私は甲州の釣宿で「少女の友」という雑誌に連載する「おこまさん」という作品を六回ぶん書いた。そのころ私の書いたもののうちでは、枚数が長いという点で自分には印象の深い作品だが、これが芳ばしくない出来であったことを自分で自分に弁解する理由は幾つか挙げられる。だが、出来ばえのことは扨《さ》ておいて、上記の作品が二つとも同じような文体である理由については自分でも説明が出来かねる。シンガポールでは食事、生活様式、環境など、日本にいるときと全然べつのものであった。言葉も一日の何分の一かは片ことの英語を使っていた。そのために神経衰弱になって現地新聞社勤務を止《よ》したほどである。しかるに、その土地にいて書いた小説と、その前々年に日本の静かな谷間の宿で書いた小説と文体が同じである。同じ人間が書いた故だと云えばそれまでだが、文体というものは倫理道徳の現われかたとは違っている筈だから、時と場合によって少しは違っているべきではないか。

これは素材に対する感興の稀薄性に由来するのだろうか。素晴しい素材、胸のときめくような素材を万一にも見つけたら、その素材がそれに適応する表現を自然に見つけてくれて別の文体が生れるかもわからない。するとき人物の登場人物の性格も、素材の方ではっきり教えてくれるかもわからない。

性格がはっきりした上は、人物が素材をまた生み足してくれる。雪だるまのように厚みも加わるし、新様式の文体も出来あがろう。こんな虫のいい話はない。しかし、それは夢物語で、現実では索莫たるものである。シンガポールの宿舎も谷間の釣宿の別もない。

私は文章を書くとき語尾に手こずっている。中学一年のとき、英語の先生が和文英訳の問題を出して、「これは机である。」「あの人は外国人であります。」「彼は私の友達です。」「花は紅なり。」「私は日本人だ。」というような文句を黒板に書き並べた。すると或る生徒が、

「先生。——である、であります、です、なり、だ。あれはみんな、IT・ISのISで良いのですか」と迂闊《うかつ》な口をすべらした。

先生は周章《あわ》てるところをごまかして、念仏を唱えるような口調で、「である、であります、です、なり、だ。である、であります、です、なり、だ……」と苦い顔で繰返し、とうとう生徒たちを笑わした。

今だに私はそのときの先生の苦い顔を思い出すことが出来る。机に向って書きしぶるときなどにも思い出すことがある。「である、であります、です、なり、だ。」これを扱い分けかねる世界から私は抜け出せない。語尾ばかりでなく接続詞も厄介だと思っている。

二、三年前のこと、私は自分の参考にするために、手づるを求めて尊敬する某作家の組版ずみの原稿を雑誌社から貰って来た。十枚あまりの随筆である。消したり書きなおしたりしてある箇所を見ると、その原稿は一たん清書して三べんか四へんぐらい読みなおしてあると推定できた。その加筆訂正でいじくってある箇所は、「……何々何々であるが」というようなところの「が」の字と、語尾と、語尾の次に来る「しかし」または「そして」という接続詞とに殆《ほとん》ど限られていた。訂正して再び訂正してある箇所もあった。その作家の得心の行くまで厳しく削ってあるものと思われた。あれほどの作家の作品にして、「が」の字や「そして」「しかし」に対し、実に初々しく気をつかってある点に感無量であった。

私はこのことを友人の或る小説家に話した。この小説家は常の話には当意即妙の受け答えをする秀才だが、このときは妙に考えこんで、「あれほどの作家でもそうなのか。俺なんか一生、『そして』と『しかし』と『が』の字に手こずるんだ。それから語尾だね」と、ぼそぼそ声で云った。

もし文章が素材に応じて変化しないものであるとしたら、文体は人間の歩きかたのようなものではないだろうか。地方色の違いも確かにあるだろう。骨格の違いと心臓の強弱にもずいぶん関係があるようだ。若い女で洋装のときには外股に歩き、和服のときには少し内股に歩くのがいる。こんなのは別として、尋常普通の人間は各自の身についた一定の歩きかたをする。私の歩きかたは、せかせかしていると認めるが、私は田舎の生れで坂道の多いところに育ったので、歩きかたにも多分にその影響があると思っている。

先日、丹波へ行って和泉式部の墓のそばで写真を撮ってもらった。田圃《たんぼ》のほとりの畦道《あぜみち》を歩いているところである。その写真を或る若い作家が見て「全く板についてますね、こんな田圃道では」と云った。歩いている姿が野良道にぴったりしているという。やはり私の文体にも、田舎の言葉づかいや気風が大きに影響しているだろう。

もともと私は感傷的な人間だが、文章を書くとき咏嘆的になりかけると、照れくさくて別の気分で感じる場面にすりかえたくなる。田舎の気風が顔を出す。

私の郷里では顔役と云われるような人たちでも、たいてい選挙のとき以外には、人のことを告げ口するときでも冷静な態度で話して幾らかでも後口の悪さを避ける流儀である。或る二三の話し上手の人は、冷静を通り越し諧謔的な味わいを出して告げ口の効果をあげている。傍で聞いていると、反って脂《やに》っこい話しかたに見えて来る。

そこで歩きかたの趨異《すうい》だが、堂々たる歩きかたで日活会館の大ホールにすっと入場する紳士でも、本当に好きなのは物干台におけるシャボテン栽培だというような人もある。ぼそぼそした歩きかたをする人で、地味な文体の詩文をときどき発表し、本当に好きなのは老子の研究によって志を養うことにあるとしている人も現存する。だから歩きかたの外見だけではその人の本性はわからない。

文体についてもそれが云えるだろう。一概には云えないと思う。しかし歩きかたにしても文章にしても、もう私は都会風のすっきりしたものに磨きあげようとする野望を失っている。

自分の希望するのは、文体の浄化というよりも、書きたい材料に巡りあわすことである。以前、私は学生のとき友人仲間の古参と見られている人の影響を受け、小説を読むときには筋書を読んでは駄目、書くときには筋書で書いては駄目だと思いこんでいた。映画を見ても、すぐ筋書を忘れるのが本当だと思っていた。当時の早稲田界隈における文学青年の常識であった。それが今だに尾を引いている。

現在では私は筋書が欲しい。ゴーゴリやセルバンテスなどの書いたような材料を空想で見つけたら、文体のことなど気にしないで執筆に熱中できるかもしれぬと思っている。材料を見つけることも才能のうちに入れられる。

私は言葉に調子をつけた文章はなるべく避けたいが、無理して書くときには古めかしい調子のついた文章になる。手拍子で書くようなものになって来る。新聞を読むのに昔の老人が調子をつけて朗読するようなもので、読み易いから調子をつけるだけのことなのだ。私が気の向かないときに文章を書くと、安易に流れて私の祖父が新聞を音読していたときの調子が出る。後味が甚だよろしくない。この文章もその一例である。

井伏鱒二（いぶせ・ますじ　一八九八～一九九三）
初出　『文學界』一九五六年八月号
底本　『井伏鱒二全集』第十八巻、筑摩書房、一九九八年

文章を書くコツ

宇野千代

いつか、私は婦人公論の臨時増刊に、「小説は誰にでも書ける」と言う文章を書いたことがある。ほんとにそれは誰にでも書けるのか、と言う驚きとともに、一種の安堵の感情とで、人々に読まれたことと思う。

私の意図は成功した。そのためでもないが、その頃から、女の人の間に、気軽るに小説を書いて見ることが流行して、思いもかけない好い小説を書く人が現われたりしたものである。私の書いたことの内容もそうであるが、人の持っている好い芽は決してつみ取るものではなく、伸ばすことが大切だからである。

今度、ここで書く「女の文章」と言う中にも、前に書いた「小説は誰にでも書ける」の中に書いた内容と、全く同じことか、或いは重複することがある。先ず、物を書くときには、文章を書くと言うその作業に対して、特別の姿勢を持たないようにすることである。極《ご》く気軽るに、平気で書くことである。自分の書きたいことをそのまま素直に書く、そう言う姿勢でのぞむことである。とてつもないことを書いて、人を吃驚《びっくり》させてやろうとか、自分は文章を書くのは苦手だけれども、とか思わないで、さらりとした気持で書くことである。

私は固く信じているが、人の中には、駄目な人は一人もいないものである。人と人との相違は、その人が自分の好い芽をひらかせるような気でいるか、或いは摘みとって了《しま》うような気でいるか、その違いである。誰にでも、その人の持っている芽、と言うものがある。その芽を太陽のよく当たるところへ出して、ときどき水をやり、肥やしもやっているか、或いはそこら中へおっぽり出して、まるで構わないでいるかで、勝負は決まる。

芽は手当て次第でどんどん伸びる。伸びない、などとは夢にも思ってはならない。伸びる、伸びる、どんどん伸びる、人に笑われても構わない。そう信じて書く人は書ける。私の一番嫌いな人は、「あたし、駄目なんです。生れつき、文章なんて書けないんです。」と言う人である。なぜ、あなたは駄目なんですか。ひょっとしたら、そんなことを言ってる人自身も、ほんとうには自分が駄目だなぞとは、思ってはいないのかも知れない。

ただ、人前を作って、そう言っているだけなのかも知れない。それだのに、これは恐しいことであるが、つい、今しがた、その気もなくて言って了った自分の言葉の、「あたし、駄目なんです。生れつき、文章なんて書けないんです。」と言った自分の言葉が自分の耳に反射して、ほんとうに、自分のことを自分で駄目だと思うようになるのではないだろうか。嘘にでも冗談にでも、自分は駄目だなぞと言ってはならない。自分は書ける、とそう言い切ることである。その言葉の反射によって、自分でも思わず、自分は書ける、と思い込むようになる。謙遜は美徳ではなくて悪徳である。

もし、あなたに友だちがあって、「駄目ねえ。あなたは文章を書くのが苦手なのよね、」などと言う人があったら、そう言う人の前から、あなたは飛びのくことである。嘘にでも冗談にでも、「あなたは素敵ねえ、こんなに巧く書けるなんて、」と言う人のそばへ、へばりつくことである。人生のことは凡《すべ》て、言葉の暗示である。誰でも、人にほめられると嬉しい。何故か。自分は書けない、と思うよりも、書ける、と思う方が気持が好いからである。それが自然だからである。伸びるのが自然だからである。

でも、しかし、他人の言葉の暗示によって、自分の好い芽に養分をやる方法は、二義的である。出来ることなら、他人の言葉の暗示よりも何よりも、自分自身が自分に与える暗示によって、芽を伸ばして行きたいものである。自分は書ける。そう思い込む、その思い込み方の強さは、そのまま、端的に、自分の芽を伸ばすからである。

言いかえるとそれは、自信がある、と言う状態のことだからである。私は書ける。そう信じ込んでいる状態のことだからである。何が強いと言って、書ける、と思い込むより強いことはないからである。


エーリッヒ・フォン・デニケンの書いた『星への帰還』の中にこんなことが書いてある。私は何を読んでも、それが自分に自信がつくことの参考になると思うと貪《むさぼ》るように読み、心に銘記する習慣であるが、それにはこんなことが書いてある。「ある奇妙な名前をもった、平ぺったい小動物がある。この小動物は一方では、いくらか脳らしいものを持った最も原始的な有機体であり、また一方では細胞が分裂することによって、どんなにずたずたに寸断されても、その寸断された一片一片が、完全に再生することが出来ると言う、複雑な構造を持った小動物である。」

「或る学者がこの小動物を、プラスチック製の樋《とい》の中に這わした。そして、その樋に弱い電流が通じるようにセットし、また別に、六〇ワットの電球をつけたスタンドを、そばに置いた。そして、前の平ぺったい小動物、即ち扁虫のそばで、スタンドの灯をつけると、小動物は吃驚《びっくり》仰天して、体を縮めた。スタンドをつけると体を縮め、消すと安心して、もと通りになっていたのであるが、次ぎにはつけたり消したり、二時間も続けてしている間に、始めは電気をつけるたびに体を縮めていたこの扁虫が、二時間も同じことを続けていると、なァんだ、電気がついても、何てこともないじゃないか、とでも言うように、まるで体を縮めなくなった。電気がついても、体に危険がないことが分ると、光の点滅に、まるで注意を払わなくなった。」

「ここまで来て学者は、光がつくと同時に、樋に通じてある弱い電流が扁虫の体に衝撃を与えるようにした。つい、さっきまで、光がついても平気になっていた扁虫も、電流の衝撃を受けると、再び吃驚仰天して身を縮めた。光がついて一秒も経たない間に、続けて電流の衝撃を与える。この作業をくり返し行ったあとで、一旦休み、二時間くらい間をおいてからのことである。光がともったあとには、一秒もおかないで電撃をうけるものと思い込んだ扁虫は、どうであろう。ただ、光がさすだけで、電撃を与えないでも体を縮めた。」

「ここで学者は或ることを考えつくに到った。こんな扁虫のような原始的な小動物でも、自分の遭遇した古い記憶が貯えられると、その学んだ能力は、そのまま寸断された他の扁虫にも伝えられると言うことが分った。」ここでデニケンの論旨は飛躍して、「扁虫だけではなく、金魚や兎や鼠でも、記憶された内容を固定させたり、移転させたりすることは、今日では学問的にも正しいとされている。この研究を首尾一貫して行えば、人類は近い将来に、知識や記憶を持主の死によって失うことなく、或る人が一度獲得した精神的所有物を保存し、伝達する可能性を持つことが出来るようになるだろう。」と言っている。

初めてこの記事を読んだとき、私の眼は光り輝いた。私にも、人類の祖先たちの能力にそのまま遭遇する瞬間があると言うのだろうか。ある、と私は確信した。私は書ける。そう言い切れるような確信が、私に生れた。私は完全に、デニケンのこの素晴しい暗示にかかったのである。

では、強い暗示と強い自信がありさえすれば、鬼に金棒か。文章はやすやすと書けるのか。このことは、前に書いた「小説は誰にでも書ける」の中にも、繰り返し書いたが、この二つがあるだけでは仕事が空転する。仕事をするのには、この二つだけでは駄目である。私は書ける、とただ自信をもっているだけでは駄目である。子供にでも分ることであるが、先ず、坐ることである。原稿紙を拡げ、鉛筆を削って、机の前に坐ることである。いま、書けそうだ、と思うときでも、いや、書けそうにはない、と思うときには尚さら、まず、机の前に坐ることである。

何事をするのにでも、用意、ドン、と言う姿勢がある。マラソンをするときにも、スタート・ラインで、あの、いまにも走り出す姿勢で待機する。先ず、机の前に坐ることである。このことは、この前、「小説は誰にでも書ける」の中に繰り返し書いた。また同じときに、阿波の人形師天狗屋久吉のことも書いた。天狗屋久吉は十六歳のときから没年の八十四歳のときまで、同じ往還沿いの仕事場に終日坐って、人形を作った。坐るのが習慣で、また坐るとすぐ木を削るのが習慣で、何にも考えないのに、ひとりでに手が動く。そしてあの、数数の不朽の名作を作った。

ものを書くことも同じである。不朽の名人、天狗屋久吉と、ずぶの素人である私たちとでは、坐る時間は違っても、とにかく坐ることは同じである。

坐ると書く。天狗屋と同じように坐ることが習慣になって、坐ると書く。そうなればしめたものである。坐ると書くことが湧いて来る。何を書くか、などと心配することはない。それも、天狗屋のように、毎日、朝から晩まで坐るのではなくて、ただ、いつでも机の前に支度がしてあって、一日の中に、朝でも昼でも夜更けにでも、たった十分間でも机の前に坐るのである。昨日は坐った。今日は気が向かないから坐らない、と言うのではなく、毎日、ちょっとの間でも坐るのである。坐るのが習慣になっているから、坐ったら、忽《たちま》ち書くのである。坐るのが習慣になって、坐ったら書くと言うのが習慣になるようにすることである。何を書こう、とか、巧く書こう、とか思うことはない。私の経験によると、そうだ、私がこの文章を書くことの大前提を発見したのは、いまから十二、三年も前のことである。毎日坐っていると、坐るとすぐ、昨日書いたときの気分と、今日続けて書くときの気分とがぴったりと繋《つな》がる。何にも考えないのに繋がる。それが、昨日書いて、今日は休み、また明日書くのでは、惜しいことに、気分が中途で断たれる。断たれてはならない。いつでも繋がっていなければならない。

さて、では、何を書くのかと言うことは、他人には分らない。自分が決めることである。いつでも私が言うことであるが、先ず、「雨が降っていた。」と書く。或いは、「隣りの娘が泣いている。」と書く。坐ったその瞬間の、自分の身の廻りのことをスケッチする。何でもスケッチする。正確にスケッチする。それから、そのあとで、それらの具象的なことがらを抽象して、或る結果を抽き出して書く。その順序で、凡てのことを書く。随筆になったり、小説になったりする。書くことは人によってそれぞれに違うが、先ず、最初は凡ての事柄のスケッチ、凡ての出来事のスケッチ、凡ての情念のスケッチをする。その結果が、人によって、天地雲泥の差があるとは、何と言う面白いことか。

毎日、机の前に坐って、細かい、正確なスケッチを幾つとなく書く習練をすることである。あなたはそれによって、自分でも、巧いな、と思う瞬間がある。ここでは、自信は空転するのではなく、実際に自分が書いたものについての自信である。これを、鬼に金棒と言う。

宇野千代（うの・ちよ　一八九七〜一九九六）
初出・底本『別冊婦人公論』第一号、一九八〇年七月

自分の文章

中野重治

自分の文章のことで私は自分で書いたことがあったろうか。あったような気がする。ただしまとまったものは書いてない。まとまったといっても、原稿紙で十枚も書けばまとまったのうちにはいるとしてだ。そんなら、いつか先きで書くことがあるだろうか。それはあるまい。先きのことはわからぬが、どうぞなかりたいものだ。

なぜそうかと考えると、理由が二つある。そんな気がする。一つは、自分が文学を商売としてるということだ。二つは、おれは文章がそう下手《へた》でないと自分で感じてるということだ。文学が商売であってみれば、文章を書くことは商売のうちだ。しかも文章は、文学のうちの主な部分でもない。それでも、文章が非常にうまければ、またひどく下手であれば、そのときは文章について書いても意味がある。おれはちょっと下手でない、ちょっとうまい、そう本人が思っている場合、そのことで書くのは具合よくない。新聞が美人の写真をのせて、わきに化粧のこつを書いてることがある。が、たいてい映画の方の人、流行衣裳のモデルといった人たちで、ひととおりでない別嬪《べっぴん》だから別におかしくはない。しかしそれを、そこらの普通の人が書けば、その人がちょっと美人の場合、へんなものになる。いやみになるだろう。私の場合がちょうどそれで、このことで将来大変化がくるはずはないから、つまり自分の文章のことで書くのはこれでしまいにしたい。

私の文章はわかりにくいといわれたことがある。そしてそれを、愛想と思って私もいくらか肯定したことがある。しかし考えて自分で読んでみた。なるほどわかりにくい点がある。それでも、猫も杓子《しゃくし》もあいつの文章はわかりにくいと言っていいほどではない。それ以来、そんなお愛想はやめることにした。お愛想はやめにしたが、わかりにくい点があるその点については考えてみた。下手とかまずいとかいうことは別として――これはあるところまでは仕方のないものだ。――わかりにくくなる原因のうち一つだけははっきりした。原因の一つといえば大げさになるが、何のことはない、締めきりまぎわに書きとばすということだった。これはよくないから、これからやめにしたい。書きたいことをよく考えて、その書きあらわし方についてもよく考えて、できるだけ普通の言葉で、厄介なこともわかりやすく書くようにしたい。半日ほどで書きとばすということはやめにしよう。自分での感じでは、時間をかけて、積みかさねるようにして書いて行けばわかりやすく書けるような気がする。

文章ということで私はどんな人の影響を受けたろうか。佐藤春夫の影響を受けた。室生犀星の影響を受けた。斎藤茂吉の影響を受けた。しかしこれも考えてみると、自分でそう思っているから客観的にもそうとは必ずしもならぬだろう。佐藤、室生、斎藤という人たちがそれぞれに昔の人の影響を受けてるはずだから、それが亡霊のように重なって及んできている上、そういう、だれだれといった人でない方面からわけのわからぬ大きな影響を受けてるにちがいない。新聞、雑誌の粗末な文章なぞもたしかに働いていると思う。

ただ私は、日本の古典をちゃんと読まなかったから、その方の知識がない上に、文章の上で受けるべきものを受けていない。これは、いまからではおそくなってしまって仕方がない。あたらしいところでも、武者小路実篤の文章などから受けるべきものを受けとらなかった。いつだったたか、新しい文章ということでは武者小路から学ぶべきだろうということを書いたが、それは、自分で学べなかったためかえってそう書いたのだったと思う。

それから外国文の影響を受けずにしまった。外国文のなかには「漢文」がはいるが、これは私の場合、むしろ日本古典の方へ辿《たど》って行くのでその方ですんだとして、おもにヨーロッパ文明の影響を受けずにしまったことを言っている。これは、語学、言葉の勉強をしなかったため、つまらぬ羽目になってしまった。友人のなかにはずいぶん外国語のよくできる人間がいた。外国語をいくつも自由にする。聞き、話し、書く。あれは生れつきらしく、そんなことは望みもしないが、とにかく読めるくらいになっていれば、外国文明のいいところを学べたろうにと思うが今では仕方がない。

そんなこんなで、私の文章は重くるしいような品物になっている。重くるしいので、重々しいのではない。窮屈なところがある。堀辰雄は、軽い、さらりとした文章を書いた。小説の文章でも手紙の文章でも、書きなおし書きなおしてああなったのか、そうでないと私は思うが、あの真似をしたいと思ったができなかった。ことに小説では、文章としては消えてしまうような姿でその世界を書きたいと思うがそれができない。これは、外国語が読めぬため外国のものは翻訳で読み、翻訳のかぎりで外国文明をつたえたものからも取り入れようとしてきたがうまく行かなかった。つまり私の文章は、しかるべき基礎の上に立たなかった。独創ということはこの基礎の上にしかないから、基礎条件の上で私の文章は制限されてしまったわけだ。

そんなことから、私の文章にはほんとの意味での音楽が生れなかった。日本の抒情詩からくる、センチメンタリズムにおちる恐れのある一種モノトーンな調子は生れたが、これは音楽ではない。それから色彩感覚が生れなかった。朝、次第に夜が明けて行くときのあかるさ、そういうものがよく出ない。それから匂いとか臭気とかいうものがよく出ない。人の書いたものを、肉感がないというように批評したことを思い出すが、自分の文章ではそれが出なかった。それとあわせて、全体としての論理構造ということも不足なものとなった。私の小説を批評して、やはり猫も杓子も構成の欠落というようなことを言い、私自身それを認めるが、なにしろそんなところがある。

そこで、このごろやはり原因について考えてみた。一番はじめにいった原因はそのままある。書きとばすのをやめなければ話にはならない。しかしそのほかに、世間のこと、社会のこと、職業のこと、それを私が知らぬということが大きい原因だと思うようになった。

おれは殿さまの世界を知らない。役人の世界を知らない。つとめ人の世界を知らない。百姓の世界を知らない。労働者の世界を知らない。外国の生活を知らない。万巻の書を読み千里の道を行く――それの反対で、とくに千里の道を行くのの反対だから、これでは書けぬはずだと気づいてきたのですこし謀叛気《むほんぎ》をおこしてきている。この謀叛をやってのけて、自分のスタイルというのをつくりたいと思いかけている。ダーウィンだとかスミスだとかいった人たちのスタイルが私の望みの文体だ。

中野重治（なかの・しげはる　一九〇二～七九）
初出　『言語生活』一九五四年十月号
底本　『中野重治全集』第二十二巻、筑摩書房、一九九八年

わたしの文章作法

佐多稲子

自分のことから文章作法というような文を書くのは、大変むつかしい。いったいどうやって自分は文章を書いているのだろう、と改めて考えてしまう。人にはそれぞれ自分の文章があるのだろうし、その上で個性の強い文、あまり個性的でない文というものがあるのだろう。書く人の気持の上でも自分だけの文を書こうとつとめる人があろうし、文章そのものを際立てたくない、とおもう人だってあるかもしれない。作家なら自分の文を持とうとするくらい当然ということになるが、しかしそれも力点のおき方は微妙にちがっているだろう。美文は書くまい、という態度は近代文学の常識だが、この常識にも深浅の差がある。私がこういう前おきを書くのは、今になって自分はどうやって文章を書いているのだろうなどと云い出したことのおかしさを、はぐらかそうとするためではない。自分へ問いかけたことで、おのずと出てきたものである。だが、いささかはやはり私は、自分の文章作法というのを書くむつかしさで、はぐらかしをしているところもある。つまり私は、さんばらに散らかした徹夜の私の仕事部屋を、開け放たねばならないとでもおもって、困っているのである。と云ったところで、私の文章そのものは、ひとに読んでもらいたいとおもって書いているものだし、すでに書いたものは、いくらかの人に読まれて、それなりに何らかの受けとり方もされている。私はもうそこですべてをさらしているのだ。私がひとつの何かを書き終えて、脚は遠い道を歩いたようにガクガクになり、何時間も口の中でしゃべりつづけたために顚のつけ根がなえてしまったなどと云ったところで、そこにある文章なり、または書かれたことがらが嘲笑《あざわら》うかもしれない。

スタンダールのように、ドストエフスキーのように、豊富にあふれるように書けたらどんなにいいだろう、とそれは自分でもおもう。しかしそれは自分がスタンダールのようにドストエフスキーのように豊富でない、ということで不可能なのだ、とおもうしかない。それならチェホフのように深く澄んだものを書きたい、とおもったとしても、それもまた自分がチェホフのように深く澄んでいないということでそれも望み得ないことなのだ。自分がさらけ出されるだけなのである。これは私が云うまでもないことであるう。もっともスタンダールだのチェホフだのとおもってみても私など翻訳されたものを読むのだから、本当のものがどこまでわかっているのかそれは知らない。同じ作品が訳者のちがうことでちがった印象になるのを知っているから、その不安はたしかだ。ひとつの原文が、訳す人の性格によって、意味は同じであったとしても、ことばづかいの微妙なちがいで感じが変わってくる、ということをおもうと、おそろしい気もしてくる。自分の書いたものにしろ、自分ではすべてをさらしている、とあきらめ、あるいは満足していても、どんなふうに受けとられているかは、本当はわかっていないのかもしれない。いくらかでも自分の云いたいことが、云いたかったこととして読み取ってもらえる文章、それをねがって書いては消し、別の言葉に置き直し、そんなことをくり返しているのであろう。しかもその自分なりに鮮明さをねがって書いている文章も、書いているときは、どんな方法などという意識もありはしない。方法論を持たない作家というものがあり、それがその作家のだめなところだという論も成り立つだろう。私などはそう云われる人間かもしれない。どういう自分の方法を持っているか、と問われて、私にすぐ答えられるものはないからである。この文章さえ書きあぐねている。

いつか自分の作品が中学校で教材になって、ていねいに解説されるのを聞いたことがある。そのとき、書いた当人がびっくりした。もっともこれは小説としてのひとつの作品の読み方を中学生にわからせるための授業で、文章だけのことではなかった。が文章もおのずから取り上げられ、説明のうちにはここは作者がこういう意図でこの文章を入れている、ということもおしえられ、ああ、なるほどと、それを書いた当人がおどろいてうなずいた。構成にいたっては、まったく作者である私は、いいえそれほどの計算をしたわけではない、と、恐縮する気持で訂正をしたいほどであった。

こういうふうに書くと、書く人間を神秘的に祭り上げでもするように受けとられるかもしれない。ずいぶん昔、ある作家がこんなふうに云うのを聞いていたことがある。小説を書くとき自分は何を書いているのかわからないのだ。夢中で書いて、次の朝、目が覚めてみるとひとつの作品ができ上っているのだ、と。それを聞いてずいぶん奇妙なことをいう作家だ、とおもったのを覚えている。そんなことがあるものか、と私はおもう。夢中で書いて、目が覚めたらひとつの作品ができ上っているなどということはありうるはずはない。こういうことを書こう、というものがなくて、何かの文章が生じ、構成があるという、それは明らかにうそだとおもう。うそによる自己演出であろう。もう早く亡くなったある作家のことなのだが。

私だって、最後までわかっていて書き出す。最後はわからぬままに書き出すという人もあるらしいけど、そういう書き方があるかもしれない。私は自分の作品の説明されるのを聞きながら当人がおどろき恐縮したというけれど、文字どおりの夢中で書いたとはもちろんおもっていない。先きに云うように、こういうことを書きたい、というものがあって、だから最後まで一応わかって書き出す。そして書き出す文章というものは、第三者に自分の書きたいものがより正確に伝わるようにとねがって書いてゆくだけである。おのずからの構成もめぐらす。くり返して云えば、そのとき、まず何かの方法を持ってというふうにではない、というのが私という人間をもあらわすことなのであろう。

豊富な、あるいは深みのある文章を書きたい、などとねがって、そして自分を笑ったというのも先きに書いたが、文章が優先するなどということもないことだろう。文章が浅薄なら、私自身の思考や、人間性に深みがないことなのである。だから、すべてはもはやさらしていると云わざるを得ない。ひとの文章を読めばそれがわかるから、自分のこともわかる。たしかに文章が優先するということはない。文章ばかり考えていても何も出てこない。何を書こうとしているか、に思いを返したとき、文章が出てくる。それはたしかに云えることだけど、しかしまた、文章を書き直しているうちにおもっていること、考えていることに再発見なり、突っ込みを見いだすこともあることなのだ。書きながら考えるということは、だれにでもある。書こうとしているものはまず私にあるのだけれど、それをより鮮明にと書き直したり消したり書き加えたりしているうちに、はじめに書こうとしているものに何かが加わってゆくとき、自分の浅さにあわてたりする。それに気づくとき、果てはどこまで深いものがあるのかわからぬという不安が濃くなる。自分の書いたものですべてはもうさらしているという投げ出しは、この不安の表明である。自分の書こうとおもうものに、取っ組み合ってゆくしかない。書こうとおもうものがすでに自分であり、その自分自身に取っ組んで、どういう結果をさらすのか、などと云えば、それも大仰な不安の表明になろうか。しかしそれが、文章を書いてゆく張合いであるということもたしかである。

佐多稲子（さた・いねこ　一九〇四〜九八）
初出　『国語教育』一九六七年十一月号
底本　『佐多稲子全集』第十八巻、講談社、一九七九年

センテンスの長短

川端康成

一

センテンスの長短は、それぞれ特長と欠点を持って、その優劣は決すべきではないが、要は、用語と同様、このセンテンスの長短にそれぞれの作家の作風あり、と知るべきである。

志賀直哉、菊池寛、武者小路実篤各氏の文章のセンテンスは、短い。一体にこの「短いセンテンス」は、日本ばかりでなく西洋に於ても、近代文芸の一つの特色となっていたようであるが、最近はまた戦後の特色として、長いセンテンスの文章が多くなって来ている。

センテンスの長短はしかく、決して偶然ではなくて、作家の文学観につながるものであろう。なお余談だが、人によれば、作者の健康状態の反映ともする。血気さかんな青年期には、ダイナミックな文体を綴るに短いセンテンスを以てし、反対に老年期に於ては、センテンスも次第に内省的に、ゆるやかな長い波を持つようになる、というが果してどうであろうか。

上述の諸氏の他、横光利一氏の初期もまたセンテンスは短く、久保田万太郎氏は、短いセンテンスに依って情感を出すことに美事な成功をおさめている。

センテンスの長短を文例によってしらべてみたい。志賀、菊池、武者小路各氏の文例は重複するのでさけるが、その特色ある一例として、久保田氏のものをあげれば……


　二十一日は死んだ家内の命日にあたります。――幸ひ日曜でもあり、天気も好かつたので、清一をつれ、谷中まで寺まゐりに出かけました。

　かへりに、ぶらぶら、芋坂を下りて、馴染の深い道を根岸のはうへ切れました。

「清ちやん、お前、『笹の雪』を知つておいでだつたか？」

「いいえ。」

「まだ知らなかつた？」

「ええ。」

「ぢやア、今日は『笹の雪』へつれて行かう。」

音無川についてあるきながら清一にわたしはいひました。たまにわたしと一しよに出て、どこへでもよつて、外でなにか喰べてかへるのを、どんなことでもあるやうに清一は喜びました。――ですから、わたしも、つとめてさういふ機会をこしらへるやうにしました。――その日もうちを出るときから、今日は、かへりは、金田で鶏肉《とり》にしようか、それとも前川へ行つてうなぎを喰べさせようか。――途中いろいろ思案をしましたので……

そこまで来て、ふつと「笹の雪」を思ひつきました。――子供にはいつそ珍らしいかも知れない。――さう思つてわたしは、出来ごころでそれに決めました。

入ると、時間はづれのせゐか座敷はガランとしてゐました。一組も外にお客はありませんでした。――わたしと清一は、女中が蒲団を敷いてくれた障子の際にすわりました。

「御飯でございますか、お酒でございますか?」

「さうだね。――一本つけておくれ。」

「…………。」

「それから湯豆腐を持つて来ておくれ。」

「…………。」

女中は黙つて立つて行きました。――わたしは、障子の硝子越に、しらじらと乾いた庭のうへに眼をやりました。
「御覧、鶏頭がもうあんなになつてしまつた。」
わたしは清一に指さしてみせました、――枯れて、黝《あをぐろ》く、みる影もなくなつた鶏頭、霜げて寂しいとび石、――うしろの建仁寺を斜にくぎつた日の色の落ちついた光景をみても冬になつたことは分ります。

（久保田万太郎「寂しければ」の冒頭）

この久保田氏の短いセンテンスの特色は、まえにのべたように、あえかに美しい情感であり余韻であり陰影であるが、同時にまた、この短いセンテンスは、志賀、武者小路、菊池各氏のそれのように、素朴感や明確感、圧力感を生み出す場合もある。

ついでながら、久保田氏の場合、こうした短いセンテンスを生かすものは、実にその会話の巧妙さにありと思われる。久保田氏が、小説の人であると共に、またたぐいまれな演劇の人であるからでもあろうが……一つ一つの会話はそれぞれの声音を持って、生きてわれわれの心にひびく。至芸である。なおその会話と会話の「間」のうまさ、その「間」によって、語られたこと以上のことを語っている高度の技術には、敬服の他はない。

久保田氏のみならず、演劇にたずさわる人、もしくはかつてたずさわった人は、殆《ほと》んどこの会話の上手さ、という特長を持つようで、センテンスも、多くの場合比較的短い。センテンスの短い文章は、菊池氏のように、典型的な散文となるか、久保田氏の場合のように、多分に詩的な情趣を含むか、二つの場合があるようである。

二

長いセンテンスは、多分に詳悉《しょうしつ》法の傾向を帯びる。この傾向の作家としては、正宗白鳥氏、永井荷風氏などが考えられる。また、谷崎潤一郎氏、佐藤春夫氏、宇野浩二氏などのセンテンスも長い。最近の作家としては、高見順、石川淳氏などもこの特色が強い。

長いセンテンスの文章は、詳悉法であると共に、多分に修辞とも握手する。永井、谷崎、正宗各氏の作品がその好例である。若《も》し長いセンテンスが、修辞と握手せずに、常識と握手した場合、それは恐らく冗長な、退屈極まるものになるに違いない。その意味で、詞姿の変化を好み、修辞を愛する作家は、長いセンテンスによる「複合文」を多く駆使している。


　短夜の明けぎはにざつと一降り降つて来た雨の音をうつつの中に聞きながら、君江は暫くうとうとしたかと思ふと、忽《たちま》ち窗《まど》の下の横町から、急に暑くなつたわねえといふ甲高な女の声と小走りにかけて行く下駄の音に目をさました。軒に雀の囀《さへづ》る声。稍《やや》遠く稽古三味線の音。表の方でばたばた掃除をする戸障子の音と共に、鄰《となり》の屋根に洗濯物でも干しに上るらしい人の跫音《あしおと》がする。雨はすつかり晴れて日が照り輝いてゐると思ふと、昨夜のままに電灯のついてゐる閉切つた座敷の中の蒸暑さが一際胸苦しく、我ながら、寝臭《ねぐさ》い匂ひに頭が痛くなるやうなので、君江は夜具の上から這ひ出して窗の雨戸を明けようとした。矢田は既に昨夜の中わけもなく機嫌を直してゐた後なので、

「お止しよ。僕があける。実際暑くなつたなア。」

「こら。こんなよ。触つてご覧なさい。」と君江は細い赤襟をつけた晒《さらし》木綿の肌襦袢をぬぎ、窓の敷居に掛けて風にさらすため、四ッ匐《ば》ひになつて腕を伸す。矢田はその形を眺めて、

「木村舞踊団なんかより余程濃艶だ。」

「何が濃艶なの。」

「君江さんの肉体美のことさ。」

君江は知らぬが仏とはよく言つたものだと笑ひたくなるのをぢつと耐へて、「矢《ヤア》さん。あの中に誰かお馴染があるんでせう。みんな好い身体してゐるわね。女が見てさへさう思ふんだから、男が夢中になるのは当然だわねえ。」

「そんな事があるものか。舞台で見るからいいのさ。差向になつたらおはなしにならない。ダンサアやモデルなんていふものは、裸体になるだけが商売なんだから、洒落一つわかりやアしない。僕はもう君さん以外の女は誰もいやだ。」

「矢さん。そんなに人を馬鹿にするもんぢやなくつてよ。」

矢田はまじめらしく何か言はうとした時、女中が障子の外から、「もうお目覚ですか。お風呂がわきました。」

「もう十時だ。」と矢田は枕もとの腕時計を引寄せながら、「おれは鳥渡《ちよつと》店へ行かなくつちやならないんだけれど、君さん、今日は晩番《おそばん》か。」

「今日は三時出なのよ。暑くつて帰れないから、わたしその時間までここに寝てゐるわ。あなたもさうなさいよ。」

「うむ。さうしたいんだけれど。」と考へながら、「兎《と》に角《かく》湯へはいらう。」

矢田は自分の店へ電話をかけ、どうしても帰らなければならない用事が出来たといふので、朝飯も食はず、君江を残して急いで帰つて行つた。その時はかれこれ十二時近くなつてゐたが、今だに清岡の様子がわからないので、君江は平素から頼んである表の肴屋に電話をかけ、間貸しのをばさんを呼出して様子をきくと、昨夜お友達の女給さんが見えて、先生はその女と一緒にお出かけになつたきりだといふ返事である。

（永井荷風「つゆのあとさき」の一節）

彼はなほも嘘吐と言ひ募つたが、ウソだとおもふなら見せてあげると言つて、豊美が彼の指先を取つて後頭部に当てがつた、その感触は確かにツルツルの円頭禿髪《えんとうとくはつ》のやうであつた。うえエと言ひ、今迄シャンと立ててゐた腰を彼はガクリとおろし、取り敢へずきんを呼んだ。きんは前掛で手をふき、後頭部の毛を分けて見、小さいながらほんたうに禿《はげ》ができてゐることを彼に告げた。汚い床屋へ行つて台湾坊主が伝染《うつ》つてきたんだね、きんはさう言つて、禿の周囲の毛を引張ると、次々に容易に抜けてくるではないか。これは大変だ、そッとしとかう。そしてきんの横からなほも手を出さうとする豊美をきんは押へた。彼は抜けた毛を電灯に向けて見ると、普通の抜毛のごとき毛根の白い附着物がなく中途から切つたやうな、さきともとの判別のむづかしい状態であつた。もはや禿頭病であることはたしかになつた。

（高見順「故旧忘れ得べき」第二節のうち）

三

私自身、第三者の評によれば、短いセンテンスの作風に入るらしいが、しかしそうだからといって、何も私は短いセンテンスの讃美者ではない。詳悉法の否定者ではない。優れた文章とは……私は確信をもって言い得る。凡《あら》ゆる用語を駆使し、凡ゆるセンテンスを自在に使いこなすことであろう。

種々な風趣を含ませ得てこそ、真の大文章は生れるのである。

だが、しかしそれは机上の空想論でもあろうか。用語もセンテンスの長短も、その苦心や勉強によって変化することながら、しかし多分に個性的なものと言い得よう。文章の初心者に望む第一は、その故に、己の心緒に最もふさわしい……言いかえれば、一番己の好きな文章をみつけることである。

芸術は数学の方程式ではない。冷厳な分析によって到達し得ない所に、往々愛憎の感情によって辿りつくものである。「好き」ということ……それ自体の究明から、多く何か本質的な心の叫びは浮び出るのである。

まず読むこと。それぞれの長所を見ること。そこに知らず知らず進むべき途の第一歩は、見出されるのではあるまいか。

しかもつねに警戒すべきは、長所に酔って、うかと短所を見逃すことであろう。短いセンテンスは、時として色も匂いもない。粗略単調な文章となる危険を持つ。性急で、無味乾燥な、文章となれば、そこに詩魂も枯れ、空想の翼も折れるであろう。反面、長いセンテンスは、徒《いたず》らに冗長に失してその頂点を見失う事が多い。

大別すれば、短いセンテンスによる、省略法的な文章は、短篇小説に適するようで、志賀直哉氏、久保田万太郎氏らの文章文体がそれである。一方、長いセンテンス、詳悉法的な文体は、長篇の傾向を帯びる。泉鏡花氏、谷崎潤一郎氏等の文章がそれである。

重ねて言えば、用語も文体もすべて極めて個性的なもの……すぐれた文章文体とは、最も己に適した個性的なものではあろう。ただ近代文芸の著しい特色としては、次第に詳悉法に傾きつつあることは事実である。

川端康成（かわばた・やすなり　一八九九〜一九七二）
『新文章読本』より第九章を抜粋。著作権者の了承を得て題名を付した。

初出　『新文章読本』あかね書房、一九五〇年
底本　『川端康成全集』第三十二巻、新潮社、一九八二年

質疑応答

三島由紀夫

一、人を陶酔させる文章とはどんなものか

一点の色を注ぎ込むのも、彼に取つては容易な業《わざ》でなかつた。さす針、ぬく針の度毎に深い吐息をついて、自分の心が刺されるやうに感じた。針の痕は次第々々に巨大な女郎蜘蛛《ぢよらうぐも》の形象《かたち》を具《そな》へ始めて、再び夜がしらしらと白み初《そ》めた時分には、この不思議な魔性の動物は、八本の肢《あし》を伸ばしつゝ、背一面に蟠《わだかま》つた。

春の夜は、上り下りの河船《かはふね》の櫓声《ろごゑ》に明け放れて、朝風を孕《はら》んで下る白帆の頂から薄らぎ初める霞の中に、中洲、箱崎、霊岸島の家々の甍《いらか》がきらめく頃、清吉は漸く絵筆を擱《お》いて、娘の背に刺り込まれた蜘蛛のかたちを眺めて居た。その刺青こそは彼が生命のすべてゞあつた。その仕事をなし終へた後の彼の心は空虚《うつろ》であつた。

（谷崎潤一郎『刺青』）

谷崎氏の初期の文章はまことに人を陶酔させる文章でした。ここには上等なとろりとしたお酒の味わいがあります。それは目を楽しませ、人をあやしい麻薬でもって現実や理性から背けさせます。ところで文章というものは、どんなに理性的な論理的文章であっても、人をどこかで陶酔にさそうような作用をもっているものであります。われわれは哲学者の文章に酔うことすらできます。ただ酔いにもカストリの酔いや上等の酒の酔い、各種あるように、またスイートな酒からドライな酒までいろいろあるように、低級な読者は低級な酒に酔い、高級な読者は高級な酒に酔います。自分を酔わせてくれない文章が、人を酔わせることも十分あります。ただ文章にはアルコールのように万人を酔わせる共通の要素がないだけであります。

二、エロティシズムの描写はどこまで許されるか

『チャタレイ夫人』のリアリズム描写がたいへんな評判になり、ついには訴訟に発展し、発禁になりました。ローレンスは性行為を描写するために描写したのではなく、彼の思想を表明する手段として、それをしたにすぎません。たまたま同人雑誌をひもとくと、

そこには猥褻な下手くそな性交描写がたくさん出てきます。河上徹太郎氏の説によると、性行為はスポーツと同じで、反復によって修熟し、反復のうちに快楽を見出す性質のものであって、ともに内的特質を文章に表現することは不可能だというのですが、これは如何にも至言であって、性行為そのものを描写したよい文章というものはありません。これは行動の描写のところで私がくわしく説明したのと同じ原理であります。

先代梅幸が舞台で一間《ひとま》に入って、男と寝たあとで帯の結び方を変えて出て来たということがありますが、これは性行為の芸術的暗示の美しい例でありましょう。むしろ具体的な性交描写はちっとも猥褻ですらない。文学からわれわれの受けるエロティックな感動は、いちおう頭脳を理性を通したもので、本質上観念的なものでありますから、文章からわれわれが直接の性感動を受けるというのではなく、観念的な性の刺戟を受けるわけであります。自己の主体が没入しないで、観念だけが刺戟される状態、つまりかくれて節穴からのぞくように、他人の性行為を見る楽しみがすなわち猥褻であるとサルトルは定義します。文章は抽象的であればあるほど猥褻に近づくのであります。この確信のもとに、ラクロは『危険な関係』という抽象的小説を書き、観念的なものが一番猥褻であるという真理を実証しました。

ですからもし法律と民衆がもっと聡明であったら、チャタレイを罰するより先に『危険な関係』を罰するでありましょう。しかし、その猥褻さは高度の理知を媒介にした猥褻さでありますから、一般性がないだけであります。

三、文は人なりということは？

この古い格言は最終的には真理です。私は「川端康成論」でそういうことを書き、結局、作家の文章ないし作家の作品というものは、知らず知らずに作家の生活と近似形を描いてくるということを書きましたが、ヴァレリーもあの有名な箴言《しんげん》で、作家はむしろ作品の結果であるといっております。そこで文章が作家と一体になったときに、初めて文章と言えるのであって、ごく低い段階では文は人なりということはできません。一般の人はごく低俗な心情の持主が品のよさそうな文章を書くこともできますし、言葉は誰の眼にも自在にあやつれるものの如く映っております。

四、文章は生活環境に左右されるかどうか

文章はこの文章読本の目的がそうであるように、長い修練と専門的な道程を要します。

人は行動しつつ、同時に書くことはできません。言葉は必ず行動のあとにくるのであります。われわれの生活環境は、ますます現代の機械化に追いこまれて、粗雑な文章の生れやすいようになってゆきます。その一例が新聞記者の書いた文章を読まれれば明瞭でありましょう。しかしそれは文章が生活環境に左右されるかどうかという問題よりも、文章を作るという決意と理想の問題であります。たとえ台所の仕事の片手間でも、あるいは忙しい会社の仕事の片手間にしても、もしその人が文章の本当の理想とよい趣味を失わないならば、最後的に生活環境に左右されるということは言えません。でありますから、私は労働者の文章とか生産者の文章とか文章による階級的区分けによって文章を評価してゆく一部の風潮に反感を感じます。

五、動物を表現した良い文章

これは誰に聞いても志賀直哉氏の『城の崎にて』をあげるのが常識になっています。

段々と薄暗くなつて来た。いつまで往つても、先の角《かど》はあつた。もうここらで引きかへさうと思つた。自分は何気なく傍《わき》の流れを見た。向う側の斜めに水から出てゐる半畳敷程の石に黒い小さいものがゐた。蠑螈《ゐもり》だ。未だ濡れてゐて、それはいい色をしてゐた。頭を下に傾斜から流れへ臨んで、凝然《ぢつ》としてゐた。体から滴《したた》れた水が黒く乾いた石へ一寸程流れてゐる。自分はそれを何気なく、踞《しやが》んで見てゐた。自分は先《せん》程蠑螈は嫌ひでなくなつた。蜥蜴《とかげ》は多少好きだ。屋守は虫の中で最も嫌ひだ。蠑螈は好きでも嫌ひでもない。十年程前によく蘆の湖で蠑螈が宿屋の流し水の出る所に集つてゐるのを見て、自分が蠑螈だつたら堪らないといふ気をよく起した。蠑螈に若し生れ変つたら自分はどうするだらう、そんな事を考へた。其頃蠑螈を見るとそれが想ひ浮ぶので、蠑螈を見る事を嫌つた。然しもうそんな事を考へなくなつてゐた。自分は蠑螈を驚かして水へ入れようと思つた。不器用にからだを振りながら歩く形が想はれた。自分は踞んだまま、傍《わき》の小鞠程の石を取上げ、それを投げてやつた。自分は別に蠑螈を狙はなかつた。狙つても迚《とて》も当らない程、狙つて投げる事の下手な自分はそれが当る事などは全く考へなかつた。石はコツといつてから流れに落ちた。石の音と同時に蠑螈は四寸程横へ跳んだやうに見えた。蠑螈は尻尾を反らし、高く上げた。自分はどうしたのかしら、と思つて見てゐた。最初石が当つたとは思はなかつた。蠑螈の反らした尾が自然に静かに下りて来た。すると肘を張つたやうにして傾斜に堪へて、前へついてゐた両の前足の指が内へまくれ込むと、蠑螈は力なく前へのめつて了つた。尾は全く石についた。もう動かない。蠑螈は死んで了つた。自分は飛んだ事をしたと思つた。虫を殺す事をよくする自分であるが、其気が全くないのに殺して了つたのは自分に妙な嫌《いや》な気をさした。素より自分の仕た事ではあつたが如何にも偶然だつた。蠑螈にとつては全く不意な死であつた。自分は暫く其処に踞んでゐた。蠑螈と自分だけになつたやうな心持がして蠑螈の身に自分がなつて其心持を感じた。可哀想に想ふと同時に、生き物の淋しさを一緒に感じた。自分は偶然に死ななかつた。蠑螈は偶然に死んだ。自分は淋しい気持になつて、漸く足元の見える路を温泉宿の方に帰つて来た。遠く町端れの灯《ひ》が見え出した。死んだ蜂はどうなつたか。其後《そのご》の雨でもう土の下に入つて了つたらう。あの鼠はどうしたらう。海へ流されて、今頃は其水ぶくれのした体を塵芥《ごみ》と一緒に海岸へでも打ちあげられてゐる事だらう。そして死ななかつた自分は今かうして歩いてゐる。さう思つた。自分はそれに対し、感謝しなければ済まぬやうな気もした。然し実際喜びの感じは湧き上つては来なかつた。生きて居る事と死んで了つてゐる事と、それは両極ではなかつた。それ程に差はないやうな気がした。もうかなり暗かつた。視覚は遠い灯《ひ》を感ずるだけだつた。足の踏む感覚も視覚を離れて、如何にも不確だつた。只頭だけが勝手に働く。それが一層さういふ気分に自分を誘《さそ》つて行つた。

（志賀直哉『城の崎にて』）

これは全く即物的に動物を描写したものですが、即物的に描写することによって象徴に達するということは日本文章の極意とされていました。ただこのごろの大江健三郎氏の文章のように、動物に対する人間の働きかけが、性的対象に対する働きかけの如く描かれている文章も、動物の一種の美しさを表現しています。

ほの白くあかるんでいる夜の空から鳩舎にたてられた灰色の布きれの旗がはためきながら急にうかびあがって来るようだった。その細い旗ざおの下にある鳩舎、背が高く痩せた人間のように貧弱な鳩舎は暗がりにひそんで見えなかった。僕は殆《ほとん》ど這って進んだ。

門衛の宿舎の低い張り出し窓の下をくぐりその向うの暗い空間へ背を伸ばそうとした時、鳩のたどたどしい羽ばたきが僕におそいかかったのだ。唇を嚙みしめ、背を羽目板におしつけて首を覗《のぞ》かせると、陽に灼《や》け雨にさらされて変色したトタン板の箱のそりかえった狭い金あみのあいだをうごめくものが見えた。僕は不意のおびえに躰を凍えさせた。小さく黒っぽい影にくまどられた人間の掌がしっかり拡げられゆらめいている。そして鳩舎を支える木枠の下の半ズボンをはいた細くひよわい子供の足。押しころされた叫びが喉のなかで溶け、喚《わめ》きながら逃げ出したい狂気のような発作が急激におさまっていった。

そして僕は金あみの間へさしこまれた黒っぽい掌が、暗い隅で羽ばたくために翼を大きくひろげようとする鳩の躰をしっかり握りしめ痙攣《けいれん》するように力をこめるのを見た。あわただしく引っこめられる掌から、鳩の優しい灰青色の頸のふくらみが、褐色の夜の空気へこぼれるようにあふれ、ぐったりたれていた。僕は宿舎の羽目板から背をひきはなし一歩前へ踏み出した。情事のあとのセクスのように力なく縮小した鳩の死骸を片手に握りしめたまま院長の養子が驚愕に唇を開き、僕に睨《にら》みつけられて動くことさえできない。怒りが湧きおこってきて僕の尻や背、首筋を熱くした。僕は喉をからからに乾かせ、混血を睨みつけたまま黙っていた。

ああ、と混血はあえぎ躰を震わせ始めた。ああ、ああ、と鳩を握りしめたまま彼は顔をあおむけ僕の視線の下で低くあえぎ続けた。僕はもう一歩、荒あらしく踏み出して、院長宿舎への退路をさえぎった。僕の動きに圧されて鳩を握りしめたまま混血は躰をひるがえし、僕が乗りこえたばかりの柵に向って二三歩駈けると、淡い雲を透す真珠色の光沢を持った夜の光のなかへすっかり躰をさらして、僕をふりかえった。彼のこわばって純潔な顔が蒼ざめ唇をかわかせ、長い病気のあとのように衰弱して力なく震えるのを見て僕は躰じゅうにちかちかする熱気をはしらせた。僕はもう背を屈めることもなしに昏い光の中へ出た。（大江健三郎『鳩』）

このような動物に対する不思議な性欲描写は、谷崎氏の『猫と庄造と二人のをんな』で極点に達していると言えましょう。

「リ、ーや」
「ニヤア」
「リ、ーや」
「ニヤア」

何度も〱、彼女が頻繁に呼び続けると、その度毎にリ、ーは返辞をするのであつたが、こんなことは、つひぞ今迄にないことだつた。自分を可愛がつてくれる人と、内心嫌つてゐる人とをよく知つてゐて、庄造が呼べば答へるけれども、品子が呼ぶと知らん顔をしてゐたものだのに、今度は幾度でも億劫がらずに答へるばかりでなく、次第に媚びを含んだやうな、何とも云へない優しい声を出すのである。そして、あの青く光る瞳を挙げて、体に波を打たせながら手すりの下まで寄つて来ては、又すうつと向うへ行くのである。大方猫にしてみれば、自分が無愛想にしてゐた人に、今日から可愛がつて貰はうと思つて、いくらか今迄の無礼を詑びる心持も籠めて、あんな声を出してゐるのであらう。すつかり態度を改めて、庇護を仰ぐ気になつたことを、何とかして分つて貰はうと、一生懸命なのであらう。品子は初めて此の獣からそんな優しい返辞をされたのが、子供のやうに嬉しくつて、何度でも呼んでみるのであつたが、抱かうとしてもなか〳〵摑まへられないので、暫くの間、わざと窓際を離れてみると、やがてリヽーは身を躍らして、ヒラリと部屋へ飛び込んで来た。それから、全く思ひがけないことには、寝床の上にすわつてゐる品子の方へ一直線に歩いて来て、その膝に前脚をかけた。

これはまあ一体どうしたことか、――彼女が呆れてゐるうちに、リヽーはあの、哀愁に充ちた眼差でじつと彼女を見上げながら、もう胸のあたりへ靠《もた》れかゝつて来て、綿フランネルの寝間着の襟へ、額をぐいぐいと押し付けるので、此方からも頰ずりをしてやると、頤だの、耳だの、口の周りだの、鼻の頭だのを、やたらに舐め廻すのであつた。さう云へば、猫は二人きりになると接吻をしたり、顔をすり寄せたり、全く人間と同じやうな仕方で愛情を示すものだと聞いてゐたのは、これだつたのか、いつも人の見てゐない所で夫がこつそりリヽーを相手に楽しんでゐたのは、これをされてゐたのだつたか。――彼女は猫に特有な日向臭《ひなたくさ》い毛皮の匂を嗅がされ、ザラ〳〵と皮膚に引つかゝるやうな、痛痒《いたがゆ》い舌ざはりを顔ぢゆうに感じた。そして、突然、たまらなく可愛くなつて来て、

「リ、ーや」

と云ひながら、夢中でぎゆツと抱きすくめると、何か、毛皮のところ〳〵に、冷めたく光るものがあるので、扨《さて》は今の雨に濡れたんだなと、初めて合点が行つたのであつた。

（谷崎潤一郎『猫と庄造と二人のをんな』）

六、最も美しい紀行文とはどんなものか

この文章読本で紀行文に言及する余裕がありませんでしたが、私がいちばん美しい紀行文と信ずるのは、木下杢太郎氏の文章であります。私は文章によって見知らぬ他国にあこがれ、そこの国に行っても、木下氏の文章を通じて物を見ているような感じさえしたのであります。

午後一旅館の食堂に午餐して、そして同氏を訪ぬべく街衢《がいく》を探し歩きました。午後の街道はホセ・マリヤ・エレヂヤが詩句の如く激烈且つ閑寂で、鮮碧の蒼穹を支配する太陽の威力が卵色の建築を圧迫し、狭い歩道に海洋の如き濃緑の陰を流します。繁瑣な装飾の鉄格子の門を入ると、狭い前庭の後ろに石を敷いた広い客間が開ける。クウバの家には必ず明取りの中庭があつて、家の各室の門戸はそれに向つて開かれます。そして庭には各種の椰子樹《ココス》、葉蘭の如くにして葉に波形の模様ある千歳蘭《サンセビリア》、又は紅紫美しき巴豆《クロトン》、時としては桂樹《けいじゆ》を植ゑます。カナリヤ、文鳥等が緑油漆の飾籠の裡《うち》に飼はれて居ます。午日は壁面或は樹葉にその金髪を投げて、空想的な光彩で中庭がぎらぎらすると、全くアラビヤ夜話の幻想が実現したかの感を抱かせます。

（木下杢太郎『クウバ紀行』）

七、子供の文章について

子供の文章は表現の奇抜さと、感覚のどきりとするような生々しさと、一種のデフォーメーションの面白さによって人の注意をひきます。子供ながらの文章で人に喜ばれているのは山下清氏の文章でありましょう。しかしそれはあくまで文章として片端のものであって、子供の詩や綴方における奇抜さは、年とともに薄れ、山下氏のような一種の病人でないかぎり、年とともにその魅力は薄れます。そうして大人の常識に犯されてもなおかつ、内部から子供のように新鮮な感覚がひらめくものが本当の文章の面白さなのです。子供は大人よりもさらに「事物の世界」に親しみをもっています。手にしたオモチャや庭の木や、そこらにころがっている石や昆虫や動物が、子供との間に大人よりももっと深い親戚のような関係をもっています。その発見がわれわれを驚かすのですが、われわれはそういう関係をもはや見失っているからです。そうしてこの子供の世界を大人の目からながめたジャン・コクトオの『怖るべき子供たち』や谷崎氏の『小さな王国』によって、われわれは再び子供の世界へ、芸術を通して連れて行かれるので、私にとっては子供の書いた文章よりも、大人の魂が子供の世界にふれた文章の方がずっと貴重なのであります。

八、小説第一の美人は誰ですか

これはごく易しい質問です。文章における小説第一の美人とは、もしあなたが小説を書いて「彼女は古今東西の小説のなかに現れた女性のなかで第一の美人であった」と書けば、それが第一の美人になるのです。言語のこのように抽象的性質によって、小説中の美人の本質が規定されます。これが劇や映画と小説との本質的ちがいであります。それはまた小説と歴史との違いでもありまして、歴史が史上最高の美女というときには、なんらかの裏付けがなければならないのでありますが、小説はそれ自体によって成り立っている小宇宙でありますから、なんらかの事実の裏付けなしに、小説の第一の美女というものはいつでも任意の所、任意の場所に出現するのであります。しかし、私の読んだなかで最も神に近い美女をあげろと言われれば、おそらくリラダンの描いた「ヴェラ」をあげるべきでありましょう。

九、小説の主人公の征服する女の数について

最近、遊蕩児をもって鳴るT氏の告白によれば、氏は五十数歳の今日まで、四千八百人の女性を征服したそうであります。光源氏や世之介といえども、「たはふれし女三千七百四十二人。少人のもてあそび七百二十五人。」これだけの数の女性しか征服しておりません。T氏は世之介の数をのりこえたということを大いに誇りにしております。しかし事実が書かれた芸術を乗越えることは、いとたやすいことであります。人間の想像

力には限界があって、事実はいつも上まわります。例えば、古今東西の虐殺や殺戮を書いた作品がどれだけ多くても、原子爆弾の惨害にはかないません。事実の領域はかくして数でこなします。そうして小説家は数字の一つ一つに具体性を与え、いつも主題との関連を保たせ、小説的構造を明快単純にしなければならないので、そこにおのずから数の制限を受けなければなりません。実際に、世間の遊蕩児は光源氏や世之介以上の数をこなしうるのです。しかしその女性ひとりひとりに対する情感の細やかさや、個々の恋愛事件の具体性については、なに一つ覚えていないのが通例で、こういう記録として最も事実に近いものは、カザノヴァのメモワールでありましょう。カザノヴァのメモワールは自分の人生の忠実な再現でありますが、そこにはカザノヴァという一人の男の欲望の軌跡が辿られるばかりで、相手の女性の性格や個性は、ほとんど無視されていると言っても過言ではありません。

数のなかに埋れることは、事実のなかに埋れることであります。小説家は事実のなかから一つの物語りを刻み出すので、本来こうした数の領域と敵対者の立場にあるはずであります。しかし折々小説家は自分の小説のなかの事件や人物に事実性を与えるために、数を援用します。織田作之助氏が、小説のなかでは、金銭の額にしろ、女の数にしろ、建物の高さにしろ、買物の値段にしろ、すべて事実的な数字を用いるように勧めているのは、小説家のリアリズムの要求の現れであります。こういう点で最も極端なのはマルキ・ド・サドであります。サドの『ソドム百二十日』の終りのほうでは、一つ一つ描写するひまがなくなって、著者が数字の表を提供しています。例えば、

「三月一日以前にもてあそばれて虐殺された人間の数……十人。
三月一日以後に虐殺された数……二十人
生きながらへて帰つてきた数……十六人
合計……四十六人」

このように奇抜な小説的記述はまことにまれでありましょう。

十、文章を書くときのインスピレーションとはどんなものでしょうか

これについてはロンブローゾーがいろいろな天才の面白い、おかしいくせについて書いていますから引用しましょう。

「ラグランジュはものを書いてゐるときに脈搏の鼓動を感じた」
「シルレルは氷の中に足を突つ込んだ」

「パイシェロは山のやうな寝台掛の下で作物を書いた」
「デカルトは安楽椅子に頭を埋めた」
「ポンネイは厚い布で頭を巻いて冷えた部屋に引つ込んだ」
「ルソオは炎天に頭を晒しながら瞑想した」
「シェリーは炉辺に頭を横たへた」

まったくこれらは全身の血液の循環を犠牲にして、瞬間的に大脳の血液の循環を増加する方法である。

十九世紀前半の詩人コールリッジなどは、「クブラ・カン」という詩を阿片の幻想によって書いた。それからしばらく阿片はデカダンの詩人の霊感の母胎になりました。今世紀に入るとジャン・コクトオなどは霊感を得るために、角砂糖一箱を全部たべて、外套を着たまま寝てみたそうであります。

十一、ユーモアと諷刺はどういうふうに違うのでしょうか

学問的にはいろいろな定義がありますが、ごく簡単にいうと、ユーモアは毒のないも

のであり、諷刺は毒があるものであります。ですからユーモアには高級なユーモアから、低級なユーモアまでありますが、人を怒らせることがありません。諷刺にも、もちろん江戸時代の落首のような、また今日の漫画のような、ごく大衆的な形式の諷刺もあれば、ヴォルテールの『カンディード』のように高い諷刺小説もあります。諷刺小説の傑作は十八世紀に書かれたものが多く、モンテスキューの『ペルシャ人の手紙』は、たまたまパリに来たペルシャ人の目をとおして書いたというフィクションのもとに、新鮮な先入主のない目で見たパリの風俗の滑稽さをあばき出しています。

ごく大ざっぱに言いますと、諷刺とはものを偏見のない目で、そうしてなんら成心なしに眺め直したときに生ずるグロテスクな効果をねらったもので、本来諷刺は一定の政治目的や党派の目的のために、ことさら目的意識をもって行使されるべきものではありません。諷刺とは、われわれが現象だけにとらわれ、仕来りの目だけで見ているもののヴェールをはがして、本質を露呈させる批評の一形式であります。しかもそのヴェールのはがし方が、一般の批評よりも無作法に行われ、その結果諷刺はグロテスクな笑いをひき起します。『ガリヴァーの旅行記』が立派な諷刺小説であるように、諷刺というものは、あらゆる意味でわれわれの見ている世界でない世界を一つの条件として、そこから見たわれわれをあばき出すという形をとるものが多い。ですからイソップをはじめ昔の諷刺作家は、動物の目や小人の目や、怪物の目や巨人の目という人間以外のものの目、あるいはペルシャ人のように異人種の目を借用します。

これに反してユーモアは人間生活の内部における潤滑油のようなものであります。それも緊張に際して行動の自由を奪われる人間の窮屈な神経を解きほぐし、生活上の行動に対して自由な楽な気分にしてはげますものであります。ですからイギリス人は戦場において激しい戦闘のさなかにもユーモアの精神を発揮します。ユーモアと冷静さと、男性的勇気とは、いつも車の両輪のように相伴うもので、ユーモアとは理知のもっともなごやかな形式なのであります。ドイツ人はいかにも男性的尚武の国民として知られていますが、ユーモアの感覚の欠如している点で男性的特質の大事なものを一つ欠いているということができましょう。

十二、性格描写について

性格という概念は二十世紀以来、小説の中では大して重要ではなくなりました。それは社会における一人一人の担う役割のようなもので、バルザック時代には社会は大きな劇場のようなものであり、一人一人が性格という役を担って行動しているように見えていました。しかしいまやそうした古い家具のような、堅固な手ざわりをもった人間の形というものは認められません。現代人はさまざまな性格を内包し、一つの性格から他の性格へと飛びちがい、おのおの自分のもった役割から逃れたがっています。性格という概念を正確に信じて、性格の演ずるとおりの劇をとことんまで演じた一人の小説家の告白小説がコンスタンの『アドルフ』であります。この十九世紀の初頭に書かれた小説は、アドルフという男の優柔不断な性格が、相手の女および彼自身をも目茶苦茶にしてしまう経過が、目に見えるようにありありと書かれています。そうしてそのあと書で著者はこう申します。「境遇などというものはまことにとるに足らぬもので、性格がすべてです。たとえ外部のものや人とは縁を断てても、自己と縁を断つことはできません。」本文のなかでも、彼はたびたび自分の性格のどうしようもなさについて思いいたします。そうしてエレーノールという強力な性格の女は、弱いアドルフを絶えず傷つけます。「彼女はその批難で私の矜持を傷つけた。私の性格を誇《そし》った。」つまりこの恋愛は性格の衝突、性格の演ずる葛藤なのであります。性格というものの概念を如実に知りたかったら、是非『アドルフ』をお読みなさい。

十三、方言の文章について

谷崎潤一郎氏の『細雪』がもし東京弁で書かれたところを想像すれば、方言というものが文学のなかで、どれだけ大きい力をもっているかがおわかりでしょう。『細雪』の翻訳がこのような方言の魅力を伝えなかったら、どれだけ効果を薄くするか想像にあまりあります。谷崎氏は生粋の江戸っ子でありますが、上方に移住してからこの方言の面白さに心を奪われ、さまざまな関西弁の小説を書きました。『卍』は関西弁で書かれた傑作であって、あの不思議な、ぬめぬめとした軟体動物のように動きをやめない小説の構造は、あの独特な関西弁を除外しては考えられません。

外国の作家でも、アメリカの南部の方言やいろいろな方言の効果を大いに用いています。一例がヘミングウェイの『老人と海』でも、フロリダ地方のスペイン語混りの英語が地方色を際立たせます。これなどは言語と大地との結びついた、言語そのものに土地やその土地の風景や植物や服装や色彩や、あらゆるものがからみついた特産物でありまして、小説のなかでも最も翻訳不可能なのは、われわれの歴史的知識と風土感覚が結びついた、このような方言の部分でありましょう。しかし方言を駆使するには一つの外国語を修得するくらいの苦労がいるので、その土地に生れた人間でなければ、ほんとうの方言の味を出すことはできないと言ってもよろしい。

谷崎氏は『卍』を書くに当っては、大阪生れの助手を使ったと言われますが、私の如きなまけ者は、『潮騒』という小説を書くときは、いったん全部標準語で会話を書き、それをモデルの島出身の人に、全部なおしてもらったのであります。木下順二氏をはじめとする民話劇作家は、近代の新劇において不思議な方言を発明しました。これは井伏鱒二氏の創作したような独特な方言ともまたちがった、新劇界の不思議なモダニズムの風潮をさえなしています。どこの国とも知れぬ、どことも限定されない世界を舞台に出現させるために、こういう奇異な方言を使うことは、一種の邪道であります。なぜなら戯曲においては、方言はそれだけでリアリティを与えるかの如き錯覚を、観客の耳に与えるという麻薬だからであります。一部の新人劇作家が、得体の知れない方言を使って戯曲を書くことを、私は一つの技術的逃避だと考えています。

「注射どうなん？　少しは利き目あるらしいのん？」

と、席に復《かへ》ると話を戻した。

「さあ、……あゝ云ふもんは根気よう続けんことにはな」

「何回ぐらゐしたらえゝのん」

「何回したら利く云ふことははつきり云はれん、まあ気長にやつて見るこッてすな、云はれてるねん」

「やつぱり結婚する迄は直らんのんと違ふか知らん」

「直らんこともないやうに、櫛田さんは云うてはるねんけど、……」

「注射であれが拭き取つたやうに綺麗に除《と》れる云ふことはないやろ思ふわ」

さう云つて妙子は、

「さう云へばカタリナが結婚したよ」

と云つた。

「ふうん、こいさんに手紙が来たん？」

「昨日元町でキリレンコに会うたら、妙子さん〳〵云うて追ひかけて来て、カタリナ結婚しましたよ、二三日前に便りがありました、云ふねん」

「誰と結婚したん」

「自分が秘書をしてゐた保険会社の社長やて」

「とう〳〵摑まへたのんかいな」

「キリレンコの所《とこ》へ来た手紙には社長の家の写真が封入してあつて、私等は今此処に住んでる、お母さんも兄さんも私の夫が引き取つて世話したげる云うてるよつて、早う英国へやつて来なさい、旅費はいつでも送つたげると書いてあるのやて。写真で見ると、その家云ふのは大した邸宅で、お城のやうに立派なんやさうな」

（谷崎潤一郎『細雪』）

十四、いい比喩とはどういうものでしょうか

非常に適切な比喩は、小説の文章をあまりにも抽象的な乾燥したものから救って、読者のイメージをいきいきとさせて、ものごとの本質を一瞬のうちにつかませてくれます。しかし比喩の欠点は、せっかく小説が統一し、単純化し、結晶させた世界を、比喩がまたさまざまなイマジネーションの領域へ分散させてしまうことであります。ですから比喩は用いられすぎると軽佻浮薄にもなり、堅固な小説的世界を、花火のように爆発させてしまう危険があります。ジャン・コクトオの小説のなかから、いかにもうまい比喩のいくつかを拾ってみましょう。

「どのような神秘な法則が、ギヨムや、ヴァリッシュや、ド・ボルム公爵夫人の如

き人々を、水銀の如く結びつけるのであろうか」

「人々は、恰《あたか》も木蔦《きづた》か石像を犯すように、脱疽《だっそ》に侵されてゆく彼を見殺しにしなければならなかった」

「人々は急行列車のような響をたてて通過する我軍の弾丸と、優しい花押《かきはん》の最後を、雷と死の黒いしみで結ぶ、ドイツ軍の砲弾との、編棚の下で暮らしていた」

「彼は道を続けた。また他の死骸に出会った。今度のは虐殺されて、酔っぱらいに脱ぎ棄てられたカラーや、靴や、ネクタイや、ワイシャツのように投げ出されてあった」

（河盛好蔵氏訳）

十五、造語とは？

字引に出ていない言葉のことです。一例が、久米正雄氏は微苦笑という言葉を発明し、今日ではそれは誰でも知っている言葉になりました。これこそは小説家のセンスが、人間のまぎれもない表情をとらえて、それから新しい作った言葉で表現を与えたわけであります。私はここでは社会評論家が作って、一時流行させる、いわゆる流行語は問題にしません。文学者の造語とは軽薄な流行語とちがって、いままでにある言葉ではどうしても表現できないことを、言葉を曲げても表現しようとする最大の切実さがなければ意味がないのであります。新人の小説などで、やたらに新造語の用いられている小説は、それだけでも誠実味を欠いたものと言わなければなりません。ジェームズ・ジョイスは、その小説のための字引を新たに作らなければならないほど、一語一語彼自身の作った、新造言語による小説『フィネガンの通夜』を書きました。そのなかでは英語を逸脱した次のような言葉が、彼独特のイメージと主題の要求によって使われております。この『フィネガンの通夜』における新字引を紹介しましょう。

voise――voice＋noise……しゃがれた彼の声が騒音を思わせる。
somewhit――somewhat……より一寸《ちょっと》ばかり少い。
Shellyholders……貝がらのようにくぼんだ手。
Satisfiction――Satisfaction＋so 'tis fiction……うそを云わないと言ったあとに「ありやうそだ」という語勢を含ませてみたのである。
Beausome――Bosom＋Beau……美しい夜の懐。または美人の胸。

三島由紀夫（みしま・ゆきお　一九二五～七〇）
『文章読本』より「附　質疑応答」を抜粋

初出　『婦人公論』一九五九年一月号別冊付録
底本　『文章読本』新装版、中公文庫、二〇二〇年

口語文の改革

中村真一郎

第二次大戦が終ると、日本の社会はもう一度、――そして第一次大戦とそれに続く関東大震災の直後よりも、もっと徹底した変化を経験しました。なにしろ国土全体がアメリカ軍によって占領せられるという、日本の歴史上、空前の事態になったのです。

そして支配者であるアメリカ人は、勿論《もちろん》、英語（アメリカ語）を使って統治し、街々の表示も、英語で行われる、ということになりました。

この占領の数年ほど、日本人が日常に英語に親しんだ時期はありません。実際、生活の必要上、英語を毎日、話して暮す男女が、特に都市には氾濫した、といっていいくらいです。

そういう期間が、話し言葉に影響を与えないはずはありません。現に尨大（ぼうだい）な量の英語の単語が日本語の日常語のなかに流れこみつづけました。この傾向は専門の国語学者に、このままつづけば一世紀後の日本語のほとんどの単語がカタ仮名になってしまうと、予想させるほどのものです。

現に現在の若者向けの流行衣服の、新聞広告の文面などは、私のような戦前の社会に育った人間には到底、感覚的に耐えられないものですが、しかし青年男女にとって、そうした奇怪な表現が最も自然らしいのです。

「ヤングのフィーリング」だの、「ビューティフルなショッピング」だのという云いまわしが、従来の日本語の話し言葉を大きく変えて行きます。

一方で書き言葉の方も、長い戦争中の言論弾圧の期間のあとで、爆発的な表現の自由を求める風潮のなかで、急変しはじめました。

日本の近代の精神史のなかで、一般の人々が文章による表現に、渇えた人が水を求めるようにして、あのように飛びついて行った時期は、他にありませんでした。

つまり、文学や思想の読者の数が、戦前に比べて、飛躍的に増大したのです。

と云うことは、従来、文壇のなかだけで通用しがちであった、作家の文学的表現が、いわゆる玄人でない数多い一般読者に、絶えず読み味わわれ、共感を求められることになっていったということです。

戦後の新しい現実のなかで成人を迎えた青年たちは、その新しい現実の表現として、新しい作家たちの文章を、喜んで支持いたしました。

第一次大戦後の、新感覚派を中心として行われた、日本語の改革のための実験が、ここではじめて実験室を出て、一般社会に、その効果をためされる時期が、突然にやってきたのです。

帰ろうとして身体を廻した彼の眼を、くずれるように壁を滑り下りた彼女の身体が、不思議な力で把《とら》えた。それは彼の身体の慾望の底迄《まで》とどくような力であった。爪の先が窓の敷居に食い込む程にもきつく握って白くなった八本の爪が彼の眼の前にある。その震えているような爪の白い色が彼の眼を打ち据える。その小さな八本の爪先に震える生命をこめて彼女は何を表現しようとしているのか。白く輝いて彼の方を向いているその爪から彼女の内にあるものが流れ出て彼を招き寄せる。彼は窓辺に近寄り、自分の手をその蒼白く反って震えている八本の指の上にのせた。すると彼女の全存在をおののかせている生命の震えが彼の指先を通って彼の情慾の端につたわった。彼は彼女の手と彼の手の触れているところに火が附くように思った。

この二つの肉体の暗い結び目。何ものかの強い手がこの結び目を再び固く結びしめるのを彼は感じる。彼は彼女の手に手を当てたまま爪先立ち、頸《くび》をつき出して窓の内を覗《のぞ》き込んだ。そこには断髪の髪の中に顔をつつみかくした小さい肉体が、体をちぢめ一層小さくなって壁ぎわに身を寄せている。（中略）

俯向《うつむ》いて断髪のかぶさった顔が左右に烈しくふられた。そして二つに分かれた髪の間に白い頸が震えて見えた。彼は彼女の両手を握り取った。固く窓ぎわを握っている彼女の両手をもぎはなし彼の両手の中に収めた。そして深い海底の碇《いかり》を巻き上げる水夫のように彼女の手を引き、彼女の身体を引き上げた。

日焼した肩の肌が、くずれた襟からむき出て彼の眼の下にあらわれる。彼女の胸が窓をこえて彼の右肩にくずれる。彼は左手を彼女の顔にあて、顔の上の乱れた髪を静かにはらいのけた。そして閉されてふくらんでいる瞼《まぶた》が小さく小刻みに震えているのを彼は見ていた。すると先程、この柔かい彼女の顔を、緑色に輝く無数の松の葉の針が突き刺す光景が浮んで来た。と彼の背筋に以前二人の情慾が互の肉体の上に伝え合ったあの不可解な、心を締めつけるような烈しい恐怖の感情が甦《よみがえ》って来た。彼は互の魂と身体を汚し合った二人の不幸な恋を憎しみの感情に貫かれて思い起しながら、しかし、どうしようもないのだどうしようもないのだと思った。そして彼女の同じように憎しみを含んでいるに違いない唇に唇をもって行った。

（野間宏『地獄篇第二十八歌』）

このありふれた若い男女の肉体的接触は、従来の普通の小説では、一二行で済まされ、それで容易に、読者に親しいその情景は伝わってくるわけです。

ところが、ここでは作者の野間宏は、そうした平凡な、毎日、無数に若者たちのあいだで繰り返されている行為を、単なる観察によって客観的に、というのでなく、人物の内面に入って、その人物の心理や感覚や過去の記憶や憤りや不安や悔恨やを、その単純な行為の瞬間に集中させて、表現させてくれます。

こうした文章を読むと、読者は自分自身が今、激しい性的昂奮のなかで、心身を燃え立たせている状態を、思いがけず想起させられて衝撃を受けます。

思いがけずというのは、普通、昂奮状態での気持は、あとで記憶に残らないものなのだからです。

同様にして、これは主人公が自殺者を眼前にした瞬間の、時間の停止した感覚のなかでの、意識の描写です。

彼は静かに自分の足の位置を変えた。前の死体を中心にして右の方に廻って行った。と彼の眼の前に、何者か巨大な腕力をもったものが無造作に鶏か家鴨《あひる》かそのような種類のもののくびを一ひねりしたという風に、面を左下にねじまげて、全くいまは視力のはたらかぬ眼を半眼に開いた荒井幸夫の顔があらわれてきた。左にねじれてつり上った口からつき出た太い白い舌の先。黒眼を眼の隅のところに寄せてしまって白膜をはったような両眼。太い二本の鼻汁が、膿《うみ》の塊のように口の上にたれている。この無残にも形を失った顔は、まるで死がこの上を兇暴な力をふるいながら嵐のように通り去り、荒井幸夫のなかに動いていた生命を生胆《いきぎも》を抜くかのようにひっさらって行ってしまったという風に見える。及川隆一は思わず顔を後に引いた。そしてその死体の顔の凹部——眼や頬や口の上に刻印のようについている苦悶の跡が彼の眼の中に打ち込む烈しい衝撃に抗《さから》った。が彼はそのままじっとその顔の上に眼を据えつづけていた。

後の窓を越えて表通りから子供のわめき声がきこえて来た。それが彼の耳に達し、全く別な振動でゆれている彼の耳の中の空気をかき乱し、消え去る。彼はしずかに死人の体にそうて視線を下におろして行った。たれさがった爪の長い死体の足の下に端の赤い大型の本が一冊、白い頁をみせて重なり合った他の書物から離れてころがっている。彼は眼を上げて再びそれを死人の顔のところにもどした。彼の眼の奥で書物の赤い色がひらひらゆれている。そして頭の中のその赤い色の映るさらに奥の方で、何かほのおの先のようなものが動いている。何処《どこ》からかするすると下りてくるものがある。幕のようなものが頭の中に下りてくる。何ものかが頭の蓋を開けようとする。彼はズボンのポケットの中につっこんでいる左手をポケットの中で握りしめた。と彼は指の三本しかない不完全なその握り拳《こぶし》が、根元のところで指がねじ切られ、そこに肉をふいて硬化してしまった指の筋肉の動きを、彼の知覚につたえるのをはっきり感じた。とそのあとに残っているちぎれた指の筋肉の根が、以前はそこに存在していた二本の指の感覚をそこのところに現出した。そしてぴくぴくとかすかなけいれんが、傷跡の辺りで起り、彼は何か恐しいものを期待するような気持で、自分の握り拳のところに自分の手の神経を集中した。とその小さくふるえている指の傷跡のところから、丁度中国小説の挿絵の妖術を使う女の天をゆびさす細い指先から、一条の光明がほとばしって出て、そこに架空の世界が現出されているのと同じように、彼の過去の内の一つの光景が、太い荒木でつくられた背の低い野戦の厩《うまや》の後で手榴弾を手にして黙って坐りこんでいる自分自身の姿があらわれ、彼の頭の中につたい上ってきた。それは堪えがたい厭《いと》わしい彼の過去の一つの場景であった。彼のもっている意志力がその限界をみせて、何ものかのために、まげられぐにゃぐにゃにされ、二つに引きちぎられようとする瞬間の場景。そしてこの一場のシーンにつづいて甦って来るにちがいない次の場面を予感すると、及川隆一は何時《いつ》ものように熱を交えて暗い痛みが彼の身体を斜めにひらめき横切るのを感じた。彼は強く頭を振った。そして彼が天門の第一機関銃中隊の裏側で手榴弾を用いて自殺をはかった時の爆薬の爆裂する体の肉をふき上げるような音が、彼の耳の中に浮び上ってくるのを防ごうとした。彼はさらに強く頭をふった。しかし彼が編上靴の底に手榴弾の信管をぶっつけ、十三迄数をかぞえたとき、膀胱と排泄器官の辺りを沸騰した湯水が流れて行くような恐怖が彼の身体の中におとずれ、彼が思わず指を開いて弾をはなそうとした瞬間、彼の全身をゆすった爆裂の音と振動とが、いままた彼の全身にはっきりとよみがえってきた。そしてこの人生から自分自身をしめ出そうと自分に強制したあの瞬間のほの暗い頭の奥や胸や腹や腸やその辺りに拡がっている眩暈《めまい》のような感覚が再びあざやかに思い起されてきた。ぐにゃりとした、肉のくずれ去る感覚、そして背骨の中を走る神経の束がぐしゃりと引きちぎれて、自分の周囲に存在している外的世界や自分の内部に自分を形づくっている内的世界が形を失って行くようないやな崩解感。

（野間宏『崩解感覚』）

こうした描写も、近代の口語文の百年近い歴史のなかで、一度も見られなかったことです。

野間宏は青年時代の初期に学んだ、フランスの象徴主義の手法と、その後に研究を深めたマルクス主義の唯物論的な認識の方法とを綜合して、このような人間の全体的なあり方を表現したのです。

だから、ここで野間は丁度、近代のイギリス文学のなかでのジェイムズ・ジョイスに匹敵する位置を占めるに至った、と云うことができます。そうして、このように徹底的に微細な表現は、『ユリシーズ』の文体同様、現代語の表現の極限を示しているという点で貴重ですが、そうして私たちが自分の文章の表現力が紋切型になり、新鮮さ、鋭さ、を失ってきていると気付いた時は、ジョイスや野間の文章を、丁寧に読み味わうことで、活力を取り戻すことになりますが、このままの文章を真似して、実用的な文章を書くということは、問題になりません。

しかし、こうした野間の文学的実験は、第二次大戦後の青年たちにとって、自分たちの魂の切実な表現であると感じられたので、従って、他の多くの同時代の新しい作家たちも、同じ読者層に支持せられて、同じような心の底の混沌の表現を目指したわけです。

つまり野間の仕事は孤独な実験と云うのでなく、ひとつの時代の求めていた表現の実現だったと云うことになり、従ってその時代の青年読者たちの文体に、強い影響を与えているに相違ありません。第二次大戦後においては、文学的実験は常に文壇の枠を越えて、一般の社会へ伝って行くようになって来たわけです。

そこで文学的文体と一般の人々の文体とのあいだに、従来に見られない自由な接触が行われるようになったとも云えるわけです。

実際、普通の人々は、従来では妙に文学的で気恥かしいと感じるような文章を、こだわりなしに書くようになっています。

それはひとつには、明治の自然主義の作家たちが純粋に客観的な方向に発展させた口語文の表現の可能性が、普通の人々が自分の感想を述べたりするには、そらぞらしすぎたり、他人行儀すぎたり、小説みたいでてれくさかったりして、そのままは真似できなかったのが、大正の佐藤春夫あたりからはじまった、散文の主観的方向の開発が、遂に二度の大戦のあとで野間の文学的世代に至って、全くの自由さに到達した結果、読者自身の表現にも役立つようになって来た、とも云えましょう。

同様にして、武田泰淳の描写は、

彼女は、実にのろのろとしか動作ができなかった。空と地が、回転木馬のように高まったり低まったりして、めぐり動いているようで、男たちの真剣な争いまでが、まのぬけた、てんでんばらばらの動作の、よせ集めのように見えたのだ。彼女が這うようにして近寄ったとき、長男はふたたび、見事な膝射《ひざう》ちの姿勢にかえっていた。銃口はしずかに、しかしかなりの速さで方向を変えていた。馬は、たくましい前脚と、肉づきのいい胸と、おびえ切った長い顔で、長男と彼女の上に襲いかかった。彼女は、馬蹄《ばてい》のひびきや馬の鼻いき、男たちの怒鳴り声を耳にしていたが、馬も一太郎も見ようとはしなかった。見るひまがなかったし、見たくもなかったのだ。彼女はただ、自分を棄てた愛人にすがりつく狂女さながらの、ぶざまなやり方で、射手の首すじにとびかかっただけであった。猟銃が発射されたのと、自分の手が男の首にからみついたのと、どっちが早かったかも、わからなかった。馬と騎手は、空気の壁を突き破るようにして、彼女の肩のあたりを駆けぬけた。中年男がもう一発、射った。彼女は、長男以外の誰かほかの男の手で、襟がみをひっつかまれた。そしてその男は、ものすごい力で彼女の顔面を殴りつけた。小柄な、蒼白い顔をした男なのに、彼は、すっとんだ彼女の身体が波のなかへころげこみそうになるほど、手ひどく殴りとばしたのだった。彼女が起き上がらない先に、小柄な男は彼女の下腹部を、巧妙にまちがいなく、蹴りつけた。彼女の口からは、鼻血と胃液のまじった、なまあたたかい水が噴き出した。他の人間にひどいことをされているという、感じは全くなかった。とんでもない現象が、自分をとりかこんでしまって、それが永久に続いて行きそうな予感が、全身にしみわたってくるだけだった。悲鳴をあげたいほどの痛みをこらえているあいだ、目さきが何回も暗くなった。

（『森と湖のまつり』）

椎名麟三も、

そのとき、突然僕は時間の観念を喪失していた。僕は生れてからずっとこのように歩きつづけているような気分に襲われていた。そして僕の未来もやはりこのようであることがはっきりと予感されるのだった。僕はその気分に堪えるために、背の荷物を揺り上げながら立止った。そして何となくあたりを見回したのだった。するとと瞬間、僕は、以前この道をこのような想いに蔽《おお》われながら、ここで立止って何となくあたりを見回したことがあるような気がした。僕は再び喘《あえ》ぐように歩き出しながら、その真実さを確認した。この瞬間の僕は、自分の人生の象徴的な姿なのだった。しかもその姿は、なんの変化もなんの新鮮さもなく、そっくりそのままの絶望的な自分が繰り返されているだけなのである。すべてが僕に決定的であり、すべてが僕に予定的なのだった。そこにみじんの偶然も進化もありはしないのだ。絶望と死、これが僕の運命なのだ。世の中がかわって、僕がタキシイドを着込み、美しい恋人と踊っていても、僕は自分の運命から免れることは出来ないであろう。たしかに僕は何かによって、すべて決定的に予定されているのである。何かにって何だ――と僕は自分に訊ねた。そのとき自分の心の隅から、それは神だという誘惑的な甘い囁《ささや》きを聞いたのだった。だが僕はその誘惑に堪えながら、それは自分の認識だと答えたのだった。

（『深夜の酒宴』）

しかし、こうした魂の混沌そのものを文章にする傾向に対して、従来の戦前の作家や読者は極めて批判的だったのは、当然でしょう。

そういう空気のなかから、日本語を可能な限り明晰に使用しようという、逆の試みも生れてきました。そうして、この試みも戦前の口語文からは予想もつかないほどの徹底した論理的なものとなったことは、興味があります。

大岡昇平はそうした試みの、代表者です。

私は精神分析学者のいわゆる「原情景」を組みたてて見ようとする。この間私の網膜にうつった米兵の姿は、たしかに私の心理の痕跡をとどめているべきである。

私がはじめて米兵を認めたとき、彼はすでに前方の叢林から出て開いた草原に歩み入っていた。彼は正面を向き、私の横たわる位置よりは少し上に視線を固定していた。

その顔の上部は深い鉄かぶとの下に暗かった。私は、ただちに彼がひじょうに若いのを認めたが、今思いだす彼の相貌は、その目の窪あたりに一種のきびしさを持っている。

谷のむこうの兵士が叫び、彼が答えた。彼は顔を右ななめ、つまり声の方向に向けた。私が彼の頬の薔薇色をはっきり見たのはこのときである。

それから彼はまた正面を向き、私のほうへ進んだはずである。しかしこのときの彼の映像はなぜか私の記憶から落ちている。

この空白の後で銃声がひびき、多分私はそのほうを見たであろう（これは全く仮定である）。ふたたび前方を見たとき（これも仮定だ）米兵はすでにそのほうへ向いていた。この横顔から頰の赤さは記憶にない、ただその目のあたりに現われた一種の憂愁の表情だけである。
この憂愁の外観は決して何らかの悲しみを表わすものではなく、また私自身の悲しみの投影と見る必要もない。これが一種の「狙う」心の状態と一致するものであることを私は知っている。対象を認知しようとする努力と、つぎに起す行為をはかる意識の結合が、しばしばこうした悲しみの外観を生みだす。運動家に認められる表情である。

（『俘虜記』）

こうした論理的であると同時に、視覚的にも明晰である大岡の文章を、より装飾的にしたものが三島由紀夫のものです。
たとえば『宴《うたげ》のあと』から、

かづが庭を歩く。これは一人身であることとの完全な愉楽で、自由な黙想の機会だつた。日もすがらほとんど喋つたり、唄つたりしてゐて、一人きりになることがなかつたし、客の応接はいくら馴れてゐても疲労を呼び起した。朝の散歩こそ、もう色恋に大して打ち込む気の起らない心の平静の証《あか》しだつた。

恋はもう私の生活を擾《みだ》さない、……かづは靄《もや》のかかつた木《こ》の間《ま》からさし入る荘厳な日ざしが、径のゆくての緑苔を、あらたかにかがやかすのを見ながら、かういふ確信にうつとりした。彼女が色恋と離れてしまつてからもう久しかつた。すでに最後の恋もとほい記憶になり、自分があらゆる危険な情念に対して安全だといふ感じは動かしがたいものになつた。

こうした戦争直後の文学世代の、様々に入り組んだ試みのあとで、そうした書き言葉の試みの影響と、一方ではじめに述べた話し言葉の影響をも平然と取り入れた、より若い作家たちの時代がやってきます。

これはもう旧世代の予想を絶したもので、たとえば次の庄司薫の『赤頭巾ちゃん気をつけて』という作品などは、表題そのものからして、旧世代に拒絶反応を起させました。そして最も若い世代に、熱狂的に受け入れられました。彼等にとっては、自分たちの考えること（思想）と、感じること（感情）との、全体的な表現がそこに見られたからです。

その書きだしの一節——

ぼくは時々、世界中の電話という電話は、みんな母親という女性たちのお膝の上かなんかにのっているのじゃないかと思うことがある。とくに女友達にかける時なんかがそうで、どういうわけか、かならず「ママ」が出てくるのだ。もちろんぼくには（どなるわけじゃないが）やましいところはないし、出てくる母親たちに悪気があるわけでもない。それどころか彼女たちは、（キャラメルはくれないまでも）まるで巨大なシャンパンのびんみたいに好意に溢れていて、まごまごしているとぼくを頭から泡だらけにしてしまうほどだ。とくに最近はいけない。例の東大入試が中止になって以来、ぼくのような高校三年生というか旧東大受験生（？）というやつは、「可哀そうだ」という点で一種のナショナル・コンセンサスを獲得したおもむきがある。なにしろ安田トリデで奮戦した反代々木系の闘士たちまで、「受験生諸君にはすまないと思うが」なんていうほどなんだからこれは大変だ。かくしてぼくたちは、まるで赤い羽根の募金箱か救世軍の社会鍋みたいにまわり中から同情を注ぎこまれたうえ、これからどうするの？　京都へ行くの？　といった一身上の問題に始まり、ゲバ学生をどう思うかとか、サンパとミンセーのどっちが好きかといったアンケートまでとられて、それこそ、あーあ、やんなっちゃったということになるわけだ。それに言い遅れたけれど、ぼくの学校が例の悪名高い日比谷高校だということは、同情するにしろからかうにしろ、すごく手頃な感じがするのではないかと思う。

最後に、最も新しい今日の口語文の姿——それも一般の人々に語りかけているもの——を、二つ並べてお目に掛けてみようと思います。

幸いに、この二つは最近のある綜合雑誌に、対《つい》の文章として連載されたものでありま
す。

その両方の序文から。

それは、たちまち、つくり出された状況にしばりつけられている、いや、もっとおそろしいことを言えば、あきらかにその状況の一部と化し去っている自分にどのようにたちむかうかということになる。私がこの本のなかで書いたことは、一語にまとめて言ってしまえば、結局、そういうことだったにちがいない。そして、書いたことを自分ですることが、力とお金をもつ側がつくり出す状況とちがった状況を自分でつくり出すことだろう。そういう努力だけが、おしきせでない、いわば、自まえの状況をつくり上げる。きいたふうな言い方にひびくのをおそれるが、ことのありようはまさしくそうしたものなのだろう。

しかし、しんどい。

そのことも、ここで、言っておきたい。何しろ、こちらには力もお金もない。あるのは、志《こころざし》とチエと工夫、才覚、辛抱、思いやり、やさしさ、ナミダ、笑い、負けじ魂——というようなものか。ただ、ここで、こんなことを言って、悲壮がっているのではない。もうひとつ言えば、この作業、ほんとうにものをつくり出すということであって、それゆえに、面白い。

しんどくて、面白い。この本にも、しんどさとともにそういう面白さが出ているといい。

（小田実『状況から』）

ひとりの人間が文章を書く、ということはどういう行為か？　とくに構造主義の言語学者にみちびかれて、僕は自分の文章の書き方《エクリチュール》を検証する。書こうとして、書きながら、書いたあとで。書斎のなかで自分の文章にむかいあっているよりも明瞭かつ全体的に自分の「書き方」をたちまち見とおしうる経験があった。「アジア人会議」で僕はアジアからやってきた様ざまな人びとの言葉を聞いていた。そして僕はまたかれらを主体的にむかえている若い日本人たちの言葉を聞いていた。僕はそれらの言葉がみな、まことにさっぱりと、自分はなにをおこなうか、他人になにをおこなうべくもとめるか、ということだけを語るのに鮮明な印象を受けたのである。かれらの言葉はというより、かれらの語るところの全体をひとつの文章として受けとめることも可能だからそうすれば、すなわち会議でのかれらの「書き方」は、行動と同義語だった。そしてかれらの言葉を受けとめる人びとも、行動と同義語の「書き方」よりほかのものなぞ、いっさい期待してはいないと観察された。それは僕が以下につづく一章のなかでモノーの文章のなかから引いた談論《ディスクール》ということに近い、あるいはまさにそれそのものの言葉であった。

（大江健三郎『状況へ』）

中村真一郎（なかむら・しんいちろう　一九一八～九七）
『文章読本』より「口語文の改革（三）」を抜粋
初出『ミセス』一九七四年十二月号
底本『文章読本』文化出版局、一九七五年

文章を書くこと

野間　宏

言葉を用いて字句をつらねて、いろいろな物事や人間をとらえ、そのものの姿・形・内容を表現し、あるいはまた一つの判断をなりたたせていくところに生れるものが文章である。文章は言葉を用いてつくられ、表現されるものであって、言葉を用いなければ文章というものは成立しない。それゆえに文章を書くことについて考える場合に、まず考え問題にすべきは、この言葉の問題である。

最近フランスの新しい文学は、この言葉をいかに考えるかというそのところ、そのこれまでとちがった新しい考え方によって、生みだされてきている。文章をつくり書くことによって創造をすすめる文学が、その新しい言語の理論によって、これまでとちがった新しい文学を生みだしていることを考えてみても、文章を書くうえで、言葉についてはっきりした考えをもつということがいかに重要であるかが、わかるだろう。

もっとも私はこの短い文章のなかで、その言葉の問題についてくわしい解明を行なうことなどとてもできないことだと考えるが、やはりまず第一に言葉をどのように考えるかについて簡単にでもふれておかなければならないと思う。言葉は記号であって木なら木という記号を用いてひとは話し合ったりまた書いたり読んだりして表現行為をするのである。このような言葉がどういうものであるかについて、古来から多くの学者が考え、分析をすすめてきたが、言葉を話す聞くという人間の日常行動のところでとらえて、はじめて言葉の本質にせまったのは、ソシュールというスイスの言語学者である。それまで多くの学者は言葉を発声器官である咽喉とまず関係させて追及していたのであるが、ソシュールはそれを聴覚器官と関係させることによって言葉記号が聴覚映像と概念とを結合するものであることを明らかにし、言葉の解明の手がかりの基礎を置いたのである。しかし最近、このソシュールの基礎の上に立って話し聞く言葉と書き読む言葉との差異を明らかにし、それにもとづいて文章を書き読むところに成立する文学の言葉の特殊性について考察し、言葉そのものの持つ意味が一歩新しい地点から見いだされることとなったのである。フーコーなど構造主義の立場に立つ仕事がそれであるが、もちろん私はフーコーの構造主義をそのまま肯定するというのではなく、そこに出されている問題点を、自分の前において、言葉の問題を自身の立場からさらにいままでよりもすすんだところに置いて解かなければならないと考えるのである。

まず言葉は物質であるということを考える必要があると私は思う。それは耳にひびき聴覚映像を結ぶ音である物質でできている。またそれはペンを持って書く場合、また活字をもって印刷する場合にはっきりするように、インキをもって形づくられる空間をもった形という物質性をそなえているのである。しかし言葉はこのような物質性だけでできているのではなく、そこに概念あるいは意味というような非物質的な、精神性をそなえているのである。言葉は詩人竹内勝太郎が分析しているように「物質でもなく精神でもなく、しかも物質性と同時に精神性を共存せしめている」ものなのである。サルトルもまたこのことに関係してその日本での講演『作家と参加』のなかで次のように言っている。

「作家の芸術は言葉の物質性に注意を向けることであり、したがって意味されたものは同時にこの物質性によって肉化されます。つまり存在性が与えられるのです。蛙という言葉が現実の蛙と何らかの相似点をもっているからではなく、むしろもっていないからこそ、その言葉をして読者に、蛙の説明しがたい純粋な物質存在を象徴させるのです。」

言葉についておおよそこのようなことを明らかにしておいて、次にその言葉を用いて文章をつくる、書くというところにはいっていこうと思う。最初に言ったように文章は言葉を用いていろいろな物事や人間をとらえ、そのものの姿・形・内容を表現しあるいはまた一つの判断をなりたたせていくところに生れるものである。しかし私はここではこの後者の「あるいはまた一つの判断をなりたたせていく」ところに生れる文章である、科学や哲学など学問が採用する文章についてはあまりふれることはできない。私は主として前者の文学・芸術（演劇・映画その他）が創造する文章に私の眼を向け、その文章を書く時の状態そのもののなかにはいっていこうと考える。

文章を書くその最初に考えるべきことは、物事を正確に見とどけて、それを文章をもって書きうつすということである。小さな鉢があって、そこに草花が植えられているとする。この自分の前に在る鉢と草花との姿・形・その色のにおいをたどり、それが見ている自分にどのような作用をするかを正確に観察し、見てこれをうつすのである。在るもの、そこに存在しているものを描くわけである。

文章を書くのに、まず最初にこのことができるようになるということは、非常に重要なことである。そこにある事物の一つ一つの特徴をとらえて、そのものが他のものとはちがうことを明らかにしながらこれを書いていくのである。この事物の特徴というものは、その事物の細部にもまた全体にもあらわれるが、その特徴をとらえて、これを言葉でもって言い表わし、その事物の存在性をそこに与えるわけである。

その花びらは朱色であり、細く長く何枚にもわかれていて、一見紙細工のような感じでありながら、それは生きている。というようなガーベラの花を描くのはなかなか困難である。それはカラー写真に映し出せば、一挙にしてとらえられる。しかし文章をもって言い表わすには、なかなか困難がともなう。じつに手間がかかるのである。とはいえ、サルトルが言うように言葉はその描こうとする事物に相似点を持っていないがゆえに、かえってその事物、草花そのものの存在をよくうつしだすことができるのである。

たしかにカラー・フィルムで草花を映しだせば、一挙にその色も形もとらえることができるといってよいだろう。しかしこれをよく見るならば、やはりフィルムに映された草花は現実の草花にあまりにも一致しているがゆえに、つまりあまりにも相似点を持っているがゆえに、かえって逆にそのちがいが、目についてくるのである。どこかしら、どうもこの朱色は実際の花の色とはちがっている。生きた色ではない。一見したところ美しく見えるが実は死んでいるということが明らかになってくるわけである。しかもこのフィルムの花には実際の花にある香りがないのである。しかし言葉をもってこの花をとらえ描き出せば、言葉は現実の事物との相似点を持っていないがゆえに、逆にその花そのものの外形だけではなく、その内部の生命にまでせまることができるのである。事物をうつす写実、写生の文章といっても、それは決してフィルムによって事物を映し出すようにして事物をうつすのではない。

しかしこの一つの草花を見ながら、その花びらの形の美しさを徹底的にうつしながら、それだけにはおわることなく、この草花と自分との関係を明らかにすることがなければ、この草花をほんとうにとらえたことにはならないのである。草花を世界の中において見ることが、重要なのであるが、草花を世界の中において見る時、草花と自分との関係が明らかになってくるからである。草花はいま鉢に植えられて自分の前にあるが、これを自分は先日、表通りの花屋で一二〇円で買って来たという事実、そして一二〇円で草花の美が買え、それがいま四万八千円の給料生活に追われている会社員の自分の前にあるという事実、この資本主義社会のなかで、生きている自然の草花が買え、自分がそれに向かい合っているという事実、このような事実のなかで、この草花をもう一度とらえ直し、見直す時、その草花の生命が自分のうちに訴える焦燥の美、あるいは一時の解放の美が明らかにされ、世界のただ中において草花を見る目がそこに生れ、そこではじめて草花をすべての他の事物との関係のなかでとらえる文章を書きすすめることができるのである。

このことについてはいまはこれ以上くわしくここで書くことはできない。しかしいま明らかにしたような、現にここに存在するものをとらえ言い表わす文章を書くことができるようになれば、次には現にここには存在しないもの、つまり非存在のものをとらえ言い表わす文章を書くというところに移っていく必要がある。非存在といえばたとえば夢のようなもの、また頭のなかに宿るものなどが考えられるが、頭のなかに宿るものとしては過去に在ったが現にはないものとしての記憶と現在にも過去にもないものであって、頭のなかに描きだされる〈想像されるもの〉の二つがある。しかし記憶は過去に一度存在したものであって、それゆえに現に在るものをとらえ、言い表わす文章をそれをとらえ言い表わすものに応用することができるが、〈想像されるもの〉をとらえ、言い表わす文章に、現に在るものをとらえ、言い表わす文章をそのままそこに応用することはできないのである。

〈想像されるもの〉をとらえ、言い表わすには、想像力をもって、現にここにはないが、しかし自分の求めているもの、たとえば現実には自分が失敗したが自分の理想として考えている恋愛のようなもの、さらに現に在るものが現在の状態から発展してある未来においてよりよい状態になり、まったく別の姿をもったものとなった時のそのものの姿、またその逆にそれが腐敗し破滅の底に落ち込んだ時のその姿などを、頭のなかに描きだし、これを文章をもってとらえ言い表わしていくことをば、すすめなければならない。

前人未踏の未知の領域を切り開かなければならない文学の文章はこの想像力をもって事物を見ていくそこのところに生み出されるものなのである。そして現実世界というものは実際は、存在と非存在のこの二つのものの統一によって成立している生成の世界なのであって、それゆえに在るものをとらえ、言い表わす文章と非存在のものをとらえ、言い表わす文章、この二つを統一する文章によって、はじめてとらえられるのである。

野間 宏（のま・ひろし　一九一五〜九一）
初出　『国語教育』一九六七年四月号
底本　『野間宏全集』第三巻、筑摩書房、一九七〇年

削ることが文章をつくる

島尾敏雄

文章は削ること、などと言ったこともあるし、今ももし、言えと強いられれば、それをまた言い出すかもしれない。という筆の下で、そのことばをすでに書きつけてしまった。ほんとうのところは私は文章のことを深く考えてみたことはない。どういうえにしからかなかば文章を書く仕事にたずさわる日常を持つことになったものの、自分に文章をつくる確かさのようなものはなかった。それはやはり小学生のころの綴方の授業時間を思いださないわけにはいかない。そのときどんな用紙を使っていたか覚えがないが、その一枚をうめることの苦痛は、いわば私の生活態度を挫折的にした。なんという呼吸の短い活力しか自分には与えられていないのかという、目の先のくらくなる思いだ。先生の威厳に満ち洞察的な目の光のまえで私はたぶん、すべて見すかされた思いでべそをかいていたはずだ。文字を書きしるし、ひとつらなりの文章をつくる以上は、そこに輝かしい思想のしんがなければならぬのに、自分の鉛筆の先からでてくることばの貧しさはどうか。しかしへんなことに、そんな自分をはっきり知っている私が、組の中で綴方の上手と先生から指摘されないことに、言い知れぬ不満を抱き、先生の鑑賞力を疑っていたのは、どういうことだったか。たぶんそれは、あの活版印刷の『学びの友』がいけなかった。関東大震災の翌年、私は横浜の尋常小学校に入学した。ああいう雑誌はなんと呼んだらいいのか。もう手もとにないからはっきりしたことがしるせないが、夏休まえだったか、学年の終りかに一冊の小冊子がわたされ、それが『学びの友』であった。むずかしい文章は別として、なかに生徒の作品欄があり、図画や綴方が掲載されていたが、一年生のはじめから私は魚を描いた絵と、五、六行の短い綴方がのせられたのだった。それは思ってもいなかったこと。しかも魚の絵は先生がだいぶ手を加え、綴方は私の書きなぐりだった。ほかの生徒のものとどこと区別される異なったなにかがあったろう。もしかしたら母が先生にうまくとりいったからではなかったか。私はうしろめたい気分をいだきながら、しかし、その状態にしびれた。もし次の号に私の綴方がのらなければ、それは先生がうっかり見おとしたにちがいないと思いこむところであった。へんな錯覚が、先頭近く走っているはずなのに、走り競争で三等の旗さえ渡されないことにけげんな思いを起こさせたし、自分の声がきたないと思いつつ、学芸会の独唱者にえらばれぬことに納得できぬ不満をもたせはじめた。それはあの最初の魚の絵と、ひらがなばかりで書いた五、六行の綴方がもたらした、あやしい観念のなせるしわざと言うよりほかはない。私は二年生の秋に兵庫県の西灘《にしなだ》村の小学校に移った。私を追いかけてきた『学びの友』の新しい号に、私がもとの学校の組友だちに出した短いたよりが収録されていたのを見たとき、私のこころのなかで、なにかがくずれ、そしてかたまった。それはきっとこう言いなおしてもいい。私はつまらないことしか書けないのに、括弧づきでもういちど、確認させられる環境があること。そこには私がこころの底で考えていることとは越えることのできないくいちがいが存在しているようなのだ。私は文章など書けはしないのに、おまえは書けるとおしつけてくるまわりが、私からいっそう確かさを奪い去ってしまったこと。

それからどれほど歳月が流れたろう。私の文章は私の手なぐさみ。死んだ母が、ふとんのえりがよごれぬための思いつきの方法を短い文章に書き、娘のときの姓を用いて投書したものが、採用されて収録された新聞の切抜きを筐底《きょうてい》深くしまいこんで時折出しては自分もたのしみ子どもらにも自慢してみせた、その手なぐさみを、たぶん私が母からゆずり受けることができたのだったろう。それがどこで道筋をこんがらかせてしまったか。気づいたときに私は小説を書くことを強いられ、そしてみずからもそれを拒まずに月日を流していた。でも私は文章の修業をしたわけではない。私は商人の子。そして学校で教わったのは商業を営む上での知識のことばかりだ。途中で道をかえたけれど、それとて資料としての漢文の字面を追いかけるのにせいいっぱいだった。私はほんきで小説を書くつもりになったことがあっただろうか。私は文章の仕組みがわからない。原稿紙に向かえば、尋常小学科のころ綴方用紙に向かったときのように、一枚を埋めることにめくるめきさえ感ずる。私の頭のなかはからっぽ。どんなことばも出てきそうにない。それをどうして文章に編みこんで行くことができよう。ただ私の性格に、あきらめの面が強いから、まずあきらめることによってどうにか筆がすべりはじめるのだ。それはいわば文章以前の行為だ。それも、つかえ、つかえ、原稿紙の上に紙やすりの粉がまきちらされでもしているかのように、筆がつかえ、思考はひろがって行かない。性格の別の面の律義さが、その苦痛の続行をどうにかしとげさせる。で、私はそこに書きちらされたことばの死骸の累々たる惨状のあいだをさまよって、読みかえさなければならぬ。私はどんな知恵を、つかめたろう。つまり削りとることだ。死骸をどんどん片づけること。そうするとそれはいくらか見られるものになってきたと思いこむことができる。これはいい方法をつかんだと思った。で私は、文章は削ることと見つけたり、などと考えたのだった。それはいかにもぐあいよく私の口をついて出る状態になれた。最初の筆先の文章でどうにか原稿紙を埋め得たものを、読みかえすときに削って行く作業には、爽快ななにかが伴った。もともと素材のことばは空間に所在にちらばっているのだから、それをつかみどりして原稿紙に字としてならべ、さて、そのなかから文章を削りさがしあてるわけだ。なんと言ったらいいか。実際は文章は空間のなかにかたちをこしらえてできあがっているが、それはわれわれには見えないだけのことゆえ、余分のごみをこそぎおとし、追い払い流し去って、それをあらわそうとする仕事を担当するのが、小説書きというものだ、などと考えはじめだした。こそぎおとし、追い払い、流し去る仕事、つまり削ることが文章をつくる、いや文章をあらわす、ことにほかならず、つまりそのことだけが私が文章とかかわることのできる範囲だなどと考えはじめたのだった。だから私はいつも空間を監視してことばを見つけようとし、いや、こびりついているごみを払いおとそうと努力し、その努力に結果は報われない。ことばはみな逃げて行き、つかまえたことばも萎縮してしまう。なおその上、原稿紙の上でも削りにかかるから、なにやら流れが一方にかたむき、そちらの方にばかりおもみがかかってしまう。でもそこにひとつの律動が生まれてきたことに気づいたのはいつのころだったか。私はその律動を追い、削ってのこったことばの単純さをよろこび、もっともっとさらして、ちょうど白昼のひとのいない岩かげに太陽をいっぱい吸って、ただ堆《つ》み重なっている白い珊瑚《さんご》虫の骨片群のような文字のつらなりにしたいなどと思いはじめたのだった。しかし、そのようにはならないで、律動に筆の調子をさらわれる症状があらわれると、かたむいたまま、のめりこんで行く文体にかたまりかかってきたことに気づきだしたのだ。削る、ということばに気づいたとき、私は文体の透明を予想したのだった。珊瑚虫の骨片群を頭の中にえがいたのも、さらされたあとの、あの腐蝕をまぬがれた色彩とたがいにふれあって生ずる乾いた音に、終局の自分の文体を重ねたかったからだ。しかしどこでまちがってしまったか。今私の文体は海中藻のように私の脳や手や足にからみつき、どこか海の底のくらい狭い場所に引きずりこむようなはたらきをあらわしはじめたように思えてならない。私は「文章」も「文体」もでたらめに使ってきたが、文体がなければ文章にならぬと思いつつそのときどきできままに使ってきたけれど、文体がなにかにからみつかれて展開を封じられようとしている今の私に、どうして文章のことについて語れよう。たとえどこかがまちがっていたにしてももうここまで来てしまっては、あとずさりしてそのまちがいの箇所を点検して歩くことなどできることではない。たぶん、私は自分の文体にからみつかれたまま深海の奥底深く沈んで行くことだろう。私の目のまえに見える風景は、文章など組立てようもない、ことばの死屍《しし》のちらばったうすぐらい荒涼の空間で、それがつぎつぎと移りすぎて行くだけのようなのだ。

島尾敏雄（しまお・としお　一九一七～八六）
初出　『国語教育』一九六八年十一月号
底本　『私の文章作法』安岡章太郎編、文春文庫、一九八三年

わが精神の姿勢

小島信夫

私は演説というものをあまりやったことがないが、目もあてられぬようなサンタンたる結果に終る時と、うまいといって激賞される時とある。また友人と話をしていて、きみは、訥々《とつとつ》としているが、頗る《すこぶ》能弁だといわれることが多い。一貫して云えることは、私が嚙みつくような調子で話すということである。私はそのために家庭では時折しなくともいい喧嘩をし、外へ出ては、友人に私が腹を立てているような印象を与える。そうして渋い顔をされると、心配になってきて、一層私の調子は嚙みつくようになってくる。この原因は、私には血の循環の悪さ(俗に謂う血のメグリの悪いというのとは違うことはお断りしておかなくてはならないが)というように思われる。それからもう一つ、人の話をきいていても昔から直《す》ぐに「そんなこと分っているじゃないか」と思う悪いクセがある。これは自分がシャベるのを聞いていても同じだ。

何も文体は生理に因るとハッキリ思っているわけではないが、私はやはり何か関係があると思えてならない。確か私は、嚙みつくような、訥々とした、脚の冷えていそうな、それからヘントウ腺の肥大していそうな、なげやりな、文章をかく。

それから私は風呂へ入ると、必ず入口の方を向くし、バスに乗るとあいてさえおれば車掌のそばか、一番奥のそのまた隅の座席に陣取るクセがある。道を歩いていると、一隊のうちの最後尾につく。私はこのクセが嫌いでならない。私に似た性質の人も沢山いると思うが、あまり好きでない。そうかといって先頭をきりたがる人も好きでない。しかし私は駄目じゃないか、前へ前へ、とせき立てられると、結構前に出る。私は自分のクセを軽蔑しているから、待っていました、まことに悪いことをしました、というわけで、前へ出る。皆が尻ごみしていると、自分で先へ出たりして、とんでもない目にあう。

私の文体はどうもこんな感じをそのまま具《そな》えている。下って眺めたり、思いきって前へ出てとまどったりする。

私が自分に影響を与えたかなと思う作家を、大ざっぱに辿ってみると、梶井、嘉村、ゴーゴリ、セルバンテス、横光、サッカレー、スウィフト、ドストエフスキー、中野重治、島木健作、ポウ、サローヤン、ハックスレー、グリーン、カフカ等である（このうち、ポウ、ハックスレー、グリーンは学校でテクストを訳しているうちに自然に僅かだがのりうつってきたらしい）。とりどりで恥しい次第であるが、私は文学の重さに堪えきれなくなると、寝ころびながら、楽な気持でゴーゴリを読んできた。何遍も読んだものであるから、私はただ字面をなでるだけであるが。そうしてこの古典の造型法に、急に緊張がゆるんで涙が出てくるような気持になる。私は一時、ゴーゴリに熱中し、しかもゴーゴリとはあまり似ない、しめった笑いをくすぶらせることをおぼえたらしいが、これは私の体質やクセと関係のないことではない。私にも昔からケチな笑いを洩らすせがあった（私は嚙みつくか笑うかどっちかをくりかえしていたことを今思い出して、前述の性質に添えなければならない）。もっとも自分で云うのは変だが、嫌味の笑いでもなければ、冷笑でもない。私は中学生の頃（アダ名を云いたい頃）笑いつづけて往来に転ったようなこともあった。こういう笑い方だ。しかしやはりそれでもケチな笑いには違いない。こっちに余裕がある時しか笑わない。そうでない時には嚙みつく。

ゴーゴリは人を笑わしたが、自分が笑われると嫌がったかも知れない。サローヤンはどうも違うらしい。彼が子供の頃教会へ入ってくると、どこに坐っても、皆が笑い出して、追い出されてしまったらしい。彼は自分が笑わした相手達の間で育ち、そこで文体を獲得したと思われる。私はゴーゴリ的世界は、本質的に、特に現在の世界を描くにはそぐわないと思う。戦争中や戦後しばらくで、もう今は駄目だとつくづく思う。諷刺の対象が、もっと複雑になってきているからだ。しかしそういうことと関係なく、私は私の性質や、生き方のなまぬるさによるであろうが、ケチな笑いしか洩らすことが出来なかった。長い間、私は笑わせるところがないものは、書いたという気がせず、何が何でも笑わせようとした。これはサービス精神というような、ふっきれたものではない。その一番大きな理由は、私が臆病で「死」をおそれ、何者かをおそれ、早くから防禦の姿勢をとっているのではないかと思ってきた。通りみちにいる姿勢。

それから私が岐阜の出身だということ。岐阜というところは東海道の通りみちであるせいか、人を見て何ともいえぬ笑いを洩らすところだ。

伊藤整氏に見やぶられたが、私の文体には嘉村が潜んでいる。私は梶井の描写の正確さと象徴に若い頃夢中になったが、まったく自分の無能に絶望したものだ。最近読み返してみて、梶井の作品の力強い構図におどろいた。誰か既に書いているかも知れないが、あの対立的構図がなければ、あの文章さえも出てこないわけだった。私はハッキリとつかんでいないで、徒《いたず》らに夢中になっていた。そうして何とかああいう描写の出来る天啓に浴さないかと、うろついていた愚かな時代がある。梶井の正確な描写は梶井の詩情（構図をもった、したがって日本の散文詩や、ああした散文詩に近い小説には稀れな）

は、彼の構図と関係があり、自分の構図をもって自分の詩情を育てることが、彼を学ぶ所以だとは気がつかなかったのである。

さて私は長い間、あったことの中から選びとってそれを嚙んではきすてるように息の短かい文章で小説らしきものを書いていた。何度自戒しても今もってつい嚙みつくように大きなことをいってしまうクセがあるので、私は本が出ると、あとがきに必ず文体や方法についてかなり高言を吐いてきたし、これからもやりかねない。どうか私が他人の小説の批評や自作の紹介で大きなことを云ったら、私があとであなた方が腹を立てておられる同じ程度になやんでいることを了解してほしい。

私は私の視覚と皮膚で書いてきた。それはそれでいいが、感覚で受けとめたものをよく掘りかえしてみることがなかった。感覚で受けとめ、同じような印象を集め、あとは「あなた任せ」といったぐあいで、せいぜい全体に日常的時間ばかり流れているというわけであった（この言葉は岡本謙次郎が教えてくれた）。つまり選んだだけの文章であり、またそういう文体だったことになる。モチロン造型については頑固に信じているものがあった。ゴーゴリを薄めて、ケチなものにしたような造型法だが。私はそれから「鼻」的な架空小説を書きたいと思い、それには今までのように行かなくなり、少しずつ日常的な時間から離れた傾向になり、自然と昔読んだ横光の「機械」的な時間に似てきた（小品「小銃」などの文体になると、「微笑」と同じく過去を描いた私小説的歎きの文体だ）。その頃私は駈けずりまわっていたので、自然と私の日常の時間がつまっている実態があったのが、作用したのでもあろうと思う。「吃音学院」「丹心寮教員宿舎」などがそうだ。舞台を作り時間を急迫させ、人物はデフォルメしてしまった時間に調子を整えた。ほんとうはこれより先きにこの傾向のもので、「ふぐりと原子ピストル」というのを書いていたことを今思い出した。これは読んだ人にフォーヴだといわれたが、どうか。私はとにかくそれにしても目に見えるように再現する造型法、そういう文体を固執していたことは同じだ。

私はその頃早くも行き詰った感じになり、その原因は、私が不心得のために自らの作った時間が、ただ、日常的時間をつめたに近いものだけであったために、忽《たちま》ち混乱をきたした。そこで私は友人と討論し、私の感覚を一つの問題にまで持って行くようなことをした。私としてはこういうことをしたのは、この時が最初である。「星」では時間は勝手にしておいて、エッセイを書くつもりで云いたいことを思いきり強くいえるようにデフォルメした。初めて、「です」を使った。時間は止っては流れ、また止り、文体は停滞した。苦しまぎれだ。「吃音学院」あたりから、私は噛みついてはやられ、また噛みついては笑うといったような文章になってきた。考えてみれば、私は日常生活では噛みついていたので、今までみたいな押し寄せられて、くすぶったように窮余の巴投げを打つ文章は、卑怯だと、よく云われた。そうだと思った。私は前よりは動いているところで書くことになった。

時間の問題を持ち出したので、このことをめぐって文体を述べると、私はだんだんに白分の世界を表す自分の時間を、という方向に進みたいと思い、大げさにいうと精神の緊張感を得たいと考えてきたが、一進一退というか、薄弱な私の世界は時に私を裏切った。つまり内面的世界が発展せず、私の作った時間は、あいかわらず、つまっている（しかも外面的に）だけで、内面の薄弱さがそのまま停滞を生んだ。私の文体に就て、必ず人はこの点を云うに違いない。停滞が晦渋《かいじゅう》を生んでいる。しかし内面世界の発展とは、作者の論理の展開のことでもある。そうしてその論理とは一言にして云えるものでなければならないようだ。そうでなければ、論理は小説を殺す。私は自分に任せる。私は自分を信用する。自分の声に動きながら耳を傾けるわけだが、私は要するに根本の論理が薄弱なために足もとが乱れることもある。一方耳を傾けることだけ強くなると、おのずから、テニヲハが狂い、修飾語の位置が狂う。一口にいうと語る時の調子になるのだ。語る時なら、修飾語の位置は狂った方がむしろ実態がある。文章では違ってくる。（「アメリカン・スクール」は一歩後退して呼吸を整えた時の作品だ）

内面世界の展開ということは、別な云い方でいえば空間を描くということでもある。時間のない小説はないが、時間は空間を築く航跡であって、空間を描くことでおのずから時間が流れ始めるといったらいいかも知れない。進むにつれて奥へ、深部へ入ることだ。私が「島」で失敗したとしたら、そのことを確めることになる。内部を展開するつもりでいて、外部が勝手に介入してきたり、私の時間が停滞し、フンイキになるだけで日常的時間が遂に勝ってしまったようなところもある。重い鎖をひくような文体は実は、この内部と外部との、日常的時間と自由な時間との、(いやな言葉だが)戦いということにもなる。大げさだが許されよ。但し日常的時間を拒否するが、私は卑少なディティルを(風俗的なものではない)極力大事にしたいと思ってきている。その点ゴーゴリやカフカを学ぶ。

前述したが、私は最後尾にもいるが、最前線まで出さなければならないという義務感にもつきまとわれている。内面世界といい、それの展開というのも、ヤヤコシイかたちで、私の姿勢がのりうつったもののようである。動いているところで書かない時でも、近頃私が不安定の文章を書くのは、この姿勢の落ち着かなさと関係があるように思える。背中の向け方に私は迷っているのだ。そのことは、私は一つの進歩だと思っている。

小島信夫（こじま・のぶお　一九一五〜二〇〇六）
初出　『文學界』一九五六年八月号
底本　『小島信夫批評集成』第二巻、水声社、二〇一一年

感じたままに書く

安岡章太郎

感じたままに書く

作家には、それぞれ固有の文体がある、自分はいったいどういう文体をつくり上げたらいいだろうか、というのが久しい間の私の悩みごとであった。無論、これは馬鹿げた話だ。だいたい作家になるのは、自分の中に何か書かなければならないものがあって、それを書くから作家になるだけのことで、まだ頭の中には何もないうちに、単に作家という職業を目指して自分の文体を探すなどということは、本末顚倒にきまっている。したがって私が若い頃——二十歳から二十五歳ぐらいまで——自分の文体をアレコレ模索したのは、本当は自分がどういう人間で、何を書くべきかが、わからなかったというべきだろう。しかし、自分がどんな人間かなど簡単にわかるわけもなく、またこれこそ自分が書かなければならぬという大問題に、そうメッタにぶつかるものでもない。そこで私は、何とかしてまわりにいる友人達がアッと驚くような変ったことを書こうと、そればかりに腐心してみた。

こんな愚にもつかない青少年時代の憶い出ばなしを何度も繰り返すのは気がひけるが、その頃、私は何から想いついたか、自分の体に猫の尻尾が生えたために悩まされる男の日常生活を書きたいと思い、それを清元浄瑠璃「神田祭」の文体をつかってパロディーにしようとした。いったい何のつもりで、そんなものを書こうとしたのか、と訊かれても、いまの私には答えようもない。要するに、出来るだけ空虚で無意味でグロテスクなものを書けば、それが芸術になると思いこんでいたのである。ただ、弁解めいたことをいえば、戦争中のその当時、文芸雑誌などに発表される創作の大半は、いまおもっても溜め息の出るほど空虚な文章ばかりのようであった。そして私は、生意気にも、そういう先輩の同時代作家というものに、あいそをつかしたような心持でいたのである。私ばかりではなく、私の周囲にいる学生たちは大抵そうであった。勿論《もちろん》、例外はあった。たとえば太宰治や織田作之助は新進作家として人気があったし、坂口安吾の『日本文化私観』なんかも結構読んでいる学生はいた。しかし私は、そういうものもあまり読まなかった。太宰や織田作はやさし過ぎて、その文章のクセやスタイルを直《す》ぐ真似しそうになるのが自分でもイヤだったし、安吾は少々私には取りつき難かったからだ。私が太宰、織田、坂口などの諸氏のものを読み出したのは、むしろ戦後、これらの作家が物故してからである。

影響を受けた作家といえば、井伏鱒二や梶井基次郎の影響はたしかにうけた。しかし、その文章が自分の内面にまで、どれだけの影響をおよぼしたか、それは自分ではハッキリとはわからない。外面的な影響ならば永井荷風からもうけた。前記の「神田祭」のパロディーをつくろうとしたことなどは、多分に荷風からの影響である。私は延寿太夫のレコードで「神田祭」を何度も繰り返してきいたが、それだけでは満足せず、友達を誘って稲荷町の長屋に住む清元延千《のぶち》恵《え》八《はち》なる女師匠のところへ弟子入りしようとしたが、女師匠は私の声を一と声きいただけで見放したように、

「あなたは義太夫をおやりになったほうがいいんじゃないですか」

といったので、私は弟子入りをあきらめた。そして小説も序章を三十枚ばかり書いて、それを学校の同人雑誌に発表したなりで、あとをつづける気力を失った。しかし仮りに、そのとき清元の師匠に弟子入りを許されていたとしても、私は「神田祭」のパロディーを完成させることが出来たかどうか、甚だうたがわしい。つまるところ、それは一時の想いつきであって、私の本当の意欲から出たものとは自分自身にも考えられないからだ。結局、荷風から何かを学んだとすれば、その戯文『小説作法』の教訓であるかもしれな

い。

一　わが日本の文化は今も昔も先進大国の摸倣によりて成れるものなり江戸時代の師範は支那なり明治大正の世の師とする所は西洋なり。（以下略）

とか、

一　東京市中自動車の往復頻繁となりて街路を歩むに却《かえっ》て高足駄の必要を生じたり。（略）日本現代の西洋摸倣も日本語の使用を法律にて禁止なし、これに代ふるに欧州語を以てする位の意気込とならぬ限り此国の小説家漢文を無視しては損なり。漢字節減など称《とな》ふる人あれどそれは社会一般の人に対して言ふ事にて小説家には当てはまらず。（以下略）

とか、

一　小説かゝんと思はゞ何がさて置き一日も早く仏蘭西語を学びたまへ。但し手ほどきは日本人についてなす事禁物《きんもつ》なり。（以下略）

とかいったことは、ふざけ半分のようでいて皆、文章を書く上で現実の理にかなった教条であるように思われた。しかし私は、これらの教条を半分ぐらいしか学ばなかった。つまり、《小説かゝんと思はゞ何がさて置き一日も早く仏蘭西語を学》ばなければならないとは思ったが、《但し手ほどきは日本人についてなす事禁物なり》という教えを守って、フランス人の教師をさがすうちに、つい面倒臭くなって何も学ばず今日にいたったというが如きものである。これは語学のみならず、他のあらゆることについていえる。私の文体も、他から学んだものは皆、中途半端で役には立たず、ただ自分が感じたことを出来るだけ感じたままに書くという、単純素朴な方法だけが唯一のものであるようだ。

自分の文章を語るのは自分の顔について語るようなものだ

今、どのような文章を書こうとしているか、と問われても私はほとんど答え方を知らない。自分の文章について聞かれることは、何かしら自分の顔について語らせられるような気になるのである。

作品についてならば、それが自分のものであっても、意図を説明したり、その思想を解説したりすることができるかもしれない。けれども文章それ自体については、読まれたままのものであって、どう受け取られようと何ら付け加えるものがない。どんなに、長たらしくクドクドとした印象をあたえる文章にしろ、必要があってそうしているのであるから、意図としては出来るだけ簡潔に書かれたものにちがいなく、つまり言語が思考の伝達器具であるかぎり、思考そのものについて述べるより方法はないのである。しょせん私は自分の文章は無意識に書いているというよりしかたがない。たとえば、ある友人から私の文章には名詞が多くふくまれているといわれたことがあったが、それはその文章を書いたとき私に、思考を抽象的なものから組み立てて行こうとする意志が少なかったからであり、名詞をたくさん使おうとする意志は別段もっていなかったのである。「文ハ人ナリ」というのも、たぶんはそんなところから出ていると思われる。どんなポーズをとるにしろ、それが意識された部分にかぎっては一個の思想とみなすべきだろうが、ポーズの中にある無意識の部分に人の気質のムキダシなものを感じさせるように、文章（あるいは言葉）という物質がもっている、人間がどうにも制御しかねる部分に、あるアカラサマな体質みたいなものが感じられるのである。

だから結局、私の文章を語ろうとすれば、私自身の祖先、体質、生い立ち、等を洗いざらい書かざるをえないことになり、おそらくそれでは求められた意図とは別のものになってしまうのであろう。

直接、私が文章を教えられたところは、学校の作文の教室以外にない。ところで中学校では作文の時間というのは、それだけで独立しておらず、作文らしいものを書かされたのは一年から五年までに数えるほどしかなかったから、主として小学校と、中学卒業後に三年間ブラブラ浪人しながら通った予備校が私の文章教室であった。そして、この三年間の予備校の作文は私にかなり深い影響を残しているらしく思われる。その受験準備の作文というのは六百字詰の原稿用紙にキッチリ、起、承、転、結をもって詰め込むようになっているのだが、後年私は何も制限なしに文章を書こうと思い立ちながら、四百字詰の原稿用紙、ちょうど一枚半ほど書くとピタリと思考が止って、変に片づいてしまうので困ったことがあった。また、最初の一行で結論を示し、最後の行でその論旨の説明のシメククリをつけよ、といわれたことなど、いまもって頭の中にこびりついて、考え事をするための邪魔になる……。

けれども私の文章にもっとも大きく影響しているのは、言葉のおぼえ方の多少変則的だったことかもしれない。六歳になる以前のことはほとんど全く記憶にないが、小学校へ上がる前の年、やってきた活動写真狂の女中から、「ホレル」という言葉と「ウラム」という言葉を教えられたときの不思議な心持は忘れられない。自分の言葉を意識して話すようになったのは小学校三年のとき、京城〔現ソウル〕から弘前《ひろさき》へ、父の転任で移住してからだ。現在はどうか知らないが当時は、あの地方では小学校の教員でさえ方言の交じった言葉しか使わなかったし、友達の話す言葉は完全に外国語だった。で、私はすくなくとも学校にいる間は、生れてこのかた使いなれた言葉をすてて新しくこの奇妙に鼻にかかる不思議な言葉を習得せざるをえなかった。ところが、そうしてやっとその異国語めいた言葉をマスターしたかしないうちに、半年そこそこで、またしても父の転任でこんどは東京に移住することになった。

私の父母は四国生れだから、家では主として四国弁だったが、私は主に千葉県と東京の堺目のところで育ったので、そこの言葉を使っており、家の内外で言葉を使い別《わ》けていたのだが、それに朝鮮での植民地ナマリが加わり、弘前弁が入り、まったくわけのわからぬ言葉になっているところで、こんどは東京の子供たちに馬鹿にされないようにしなくてはならなくなったのだ。私は真剣にマンガの本など読んで東京弁の習得にかかったが、なかなかうまくは行かなかった。たとえばマンガにはよく、「ヒャーッ」などと、おどろく言葉が使ってあるので、そのとおりやってみると級友たちは皆、変な顔で私を見るのだ。何かしらワザとらしいキザったらしい男に見えるらしいのだ。子供心にもうすうす私はそのことを感じたが、それなら田舎弁にしろ、自分の言葉で話そうとすると、そんなものは何一つ私の身についていない。しかたなく皆の使っている言葉をマネしながら、おそるおそる友達の顔色をぬすみ見るように話す子供に私はなった。

後年、私は寄席に行って落語を聞いたり、黄表紙、シャレ本などの活字になった本を読みあさったりしたことがあったが、それも小学生のとき以来の、東京弁に対する劣等感と、そのアコガレであったかもしれない。

文体について

一と口にいって、文体論のない文芸批評は政治論になるか人物論になるかである。つまり、その作品が提出している問題について語れば、それはおおむね政治を語ることになり、その作品を書いた作家を論ずるとなれば、それはほとんど人物評になる。現在の批評に、作品論はおろか、作家論さえ、めったに見当たらないのは、よく言われるように実作者と批評家との間に、不信感がはたらいているためなどではなく、もっと具体的に作品を論ずる共通の足場が欠けているからである。

こんなことは、いまにはじまったことではなし、あらためて私などが言う必要もないことだが、これだけ文芸批評がさかんになっているいまの世の中で、文体論がどうして出て来ないかは、やはり不思議というべきであろう。なぜ、こうなったか――？　原因は不思議でも何でもない、簡単にいって文体どころか、言葉について私たちは、おたがいに論じる場所がなくなってしまっただけのことだ。卑近な例を上げれば、タクシーの運転手がロクに客の言葉に返辞もしないことや、町の店屋の店員がものを売ったあとで「ありがとう」も言わないこと、このような世相のなかで、文章だの、文体だのを論じようというのが、どだいムリな話だ。

それにしても、文芸批評から文体論がなくなったのは、世相のせいばかりではない。むしろ明治以来、西洋から〝文学〟が輸入されて以来、文学は文体とは別々に、いわゆる思想的な内容だけで論じられてきたのが、いまの一般社会の言葉の混乱にもつながってくるものに違いない。

だいたい〝文体〟という言葉自体が、われわれの間で、ひどくアイマイであり、思想とはなれて文体という特殊な物件がポッンと存在しているという考え方自体に、おかしなところがある。

二、三年まえのことだ。ジョイスの「ユリシーズ」の新しい訳本が、れいの世界文学全集というシリーズの一つになって出たとき、三人の共訳者がそれぞれの文体の違ったところを分担して訳したという解説文が、その本にくっついて来たのを読んで、私は唖然とさせられた。一つの小説の部分部分を何人かで分担して〝翻訳工場〟式に訳すことは、べつに珍しくもないし、そんなことでアキレたり、びっくりしたりする人間は、いまやいない。ただ私は、これほど堂々と文体を無視した言葉が、全集の解説といういわば公式な場所で気軽に語られていることに、おやおや、と思っただけである。

もちろん、私はジョイスについて何も知らない。ただジョイスが一つの小説のなかで、いくつもの違った文体を駆使したとすれば、それは単に違った文体を取りそろえて出したということよりも、文体を変えながら書いて行ったということに意味がある。つまり何種類、何十種類の文体が使われていようと、それが全部一人の男の言葉で語られているところに、変化した文体の意味がある。いってみればジョイスは、自分の文体を変えてみせることで、デヒューマナイズという痛烈な自己主張を彼自身に即して行なったわけではないか。

もしかしたら三人の共訳者は、一人の作家が一つの小説のなかで、多種多様の文体を使い分けたということを、ただの技巧上の多芸さだと受け取ったのかもしれない。さもなければパート、パートによって訳者を取りかえるという彼らの翻訳工場の作業のシステムをあんなに無邪気に公開できるものではない。しかし、文体の変化をタダの技巧と考えるか、それとも人格の分解と考えるかはともかく、よしんば単なる技巧だとしても全体を一貫しているジョイスの文体を、三人の共訳者がそれこそ一心同体になって移し出さないかぎり、文体の変化は読者に読みとれず、単にテンデンバラバラな文章を押しつけられるだけのことだ。

たしか天中軒雲月《てんちゅうけんうんげつ》という女のナニワ節がいて、〝七色の声〟を発するというので大層有名であった。しかし雲月の七色の声は、彼女が一人で彼女自身の声帯を用いて発するから〝七色〟なのであり、もしこのナニワ節を七人の男や女が分担して語ったのでは、到底世間の評判にはなり得ない。それと同じことが、ジョイスの場合にだっていえるだろう。文体だって、声帯と同じく、ナマ身の個性から生まれてくるのである。

話が脱線しているように思われるかもしれない。ただ、文体が個性、ないしは人格と、直接結びついたものだというアタリマエのことさえ、いかに現代の私たちのなかでは忘れられているかという事例は、これはもう一度考えなおしてみていいことではないか。

これから文体論をはじめるとしたら、そのまえにまず、文体とは何か、ということばの定義からハッキリさせて行かなくてはならないことだろう。

安岡章太郎（やすおか・しょうたろう　一九二〇〜二〇一三）

感じたままに書く

初出　『文學界』一九七六年七月号

底本　『安岡章太郎随筆集』第五巻、岩波書店、一九九一年

自分の文章を語るのは自分の顔について語るようなものだ

初出　未詳

底本『思想音痴の発想』芳賀書店、一九六六年

文体について

初出『東京新聞』一九六八年八月三十一日

底本『もぐらの言葉』講談社文庫、一九七三年

「文章」と「文体」

吉行淳之介

長年にわたって私も小説その他を書いてきているから、文章について考えないわけにはいかない。原稿はかならず推敲するから、この何十年間のうちのかなりの時間そのことを考えているということにもなってくる。しかし、それはあくまで自分自身の文章についてのことで、つまり自己流で、自己流ということは自分に最も適合した流儀を身につけることでもある。そして、昭和三十三年の末ごろ、一応自分の文体ができた、とおもっている。

そういう事情だから、自分についてのことは頭と軀で考えてきているが、一般論となるとよく分らない。短かいスペースで要領よくまとめることなどできないし、さりとて長々と書くだけの考えもない。自分の場合についてはこれまで多少書いたので、繰返さないし、繰返すと気が滅入る。

　以下、雑然と「文体」というテーマにかかわりのありそうなことを書いてみる。

「デコラティブな文章とは、甲冑を身につけた武装である場合が多い」という意味のことを、小島信夫が書いていた。あるいは、記憶違いかもしれない。違うと小島信夫は怒るので、私自身の考えとおもってください。この点については、昔から私はそう考えている。

　地方から大都市へ出てきた青年は、どうも鎧兜に身を固めないと、安心できない場合が多いらしい。そういう青年のもう一つの特徴は、流行に敏感なことである。

　ある日、突然、古井由吉さんから電話がかかってきて、こう言った。

「文体について、いや、文章のことですが、それについて書いてくれませんか」

　ここで、古井さんが、いったん「文体」と言って、つづいて「文章」と言い直したのは、「文体」という雑誌発刊についてのこととの混同にたいしての配慮だったのだろう。

『彼はようやく自分の文体を持った』

『彼はなかなかの文章家である』

この二つの言い方は、昔からわが国の評家の言葉にときどき出てくる。前者は褒め言葉で、後者はおおむね貶《けな》し言葉と考えてよい。となると、「文体」と「文章」は大きく違うことになるが、どう違うのか。

古井さんの電話にたいしては、生返事をしておいたのだが、一ヵ月ほどして、また電話をもらった。

「古井プロフェッサーにうかがいたいのだが、文体と文章とは違いますね」

「そうですね」

「文体とは、書き手の個性を含んだものですか」

「そうではなくて、文体はつまり style で、外国では一つの時代としての言葉の使い方の慣用例、といったものです」

「ははあ。……わが国では、文章家というと、むしろ悪い意味ですね」

「そうですね。正確にいえば、外国の style は文体ともちょっと違って、日本語の文体に当るものは無いようです」

「それでは、貴兄は、文体は何だとおもいますか」

「やはり、個性にかかわるものだとおもいます」

私は頭が混乱して、分らなくなった。もっとも、電話では意を尽せない。お互に、省略が多くなってしまう。

とりあえず、辞書を引く。もっとも、辞書に出ていることがすべて正しいとは限らず、先日ある有名辞典を追放したばかりだ。納得のいかない説明に出会ったからである。

〔文章〕（㈠㈡は略。こういう具合に、幾つも字義のあるところが、言葉はくせものである）。㈢文字を連ねて思想を表現したもの。後世は、普通字数や押韻などに制限されない形の散文をいう。

〔文章家〕㈠文章を書くのが巧みな人。㈡文士。

〔文体〕㈠文章の様式。文語体・口語体・漢文体・和文体・書簡体・論文体など。㈡（style）文章の持つ独自の容姿。作者の思想・個性が、用語・措辞その他に表われている文章全体の特色。

これでは、古井説は謬《あやま》りのようにみえるので、英和辞典を引くと、ここでその説は甦る。

〔style〕1（a）《文芸上の人・派・時代などの》独特のふう、体、流儀、様式。（b）流派。2（a）文体。the style and the matter 書物の文体と内容。

この1（a）の文体の解説が、古井説に当て嵌《は》まるようだ。まったく、ややこしい。だいたい、私は辞書を引くのは大嫌いで、大空襲で焼失してから十年目に芥川賞を受賞するまで、辞書というものを持っていなかった。

しかし、ついでにもう一つ、辞書を引いておく。

〔個性〕㈠その個人を他の個人と異ならせる性格。個人の特性。㈡個体に特有な性質。

ところで、ここでは「個性と文章とのかかわり合い」として散文の「文体」を捉えることに話を絞って、混乱を防ぐことにする。

と、こう書いてみたが、学生を集めての夏期講座ではあるまいし、なんだか阿呆らしくなってきた。もともと私の〔文体―㈠〕には、論文体は欠落しているので、思い出ばなしを混えながら、話を進めていこう。

昭和二十年八月十五日が全面降伏の日で、私は大学一年だった。九月から友人たちと、同人誌をつくることに熱心になった。原稿は揃っていた。戦後そのまま通用するものを、同人たちは書いていた。しかし、紙もなく金もなく、したがって引受けてくれる印刷所もなかなか見付からなかった。

翌年三月、ようやく第一号ができたときには、みな興奮して、ポスターもつくった。ポスターの文句は私が書いたのだが、どういう文字を並べたか、記憶が曖昧である。ただ、「軍閥が倒れて、個性の解放の時代になった」という意味の一節は、覚えている。

同人の一人が、

「個性の解放か。当り前のことだけど、あらためてこう書かれると、なんかギョッとするなあ」

と言ったことも、はっきり覚えている。

民主主義が言われ、言論の自由が叫ばれ、共産主義者の大物が獄から出された。もちろん、アメリカの占領政策である。このころから、友人たちにコミュニストが増えてきた。そこまでは、ま、いいのだが、明日にも共産革命が成就するムードが学生たちのあいだで強くなった。アメリカの占領地に、烈しく対立するソ連の小型版ができ上ることが可能、という発想は何だったのだろう。たしかに、瓦礫と闇市の街には、熱気がただよっていた。おそらく、軍閥が倒れたことからきた解放感は、自分たちの住んでいるところが被占領地であることを忘れさせるほどのものだったのだろう。

「間もなく共産主義の政府ができる。いまのうちに改心すれば、命だけは助けてやる」

と言いにくる友人もいた。

話が横道にそれたみたいだが、戦争中も個性が敵視され、個人主義者は非国民扱いにされ、戦後もまた「もはや個人を書く時代は終った。ショーロホフの『静かなるドン』には、集団としての人間が描かれている」というような言い方がされはじめた、というようなことを私は言いたいのである。

要するに、画一主義は小説の敵である。もっとも、ここで私のいう「小説」とは、世でいう「芸術至上主義」風の作品ということになり、そこを言い出せば話はまた厄介になってくるわけだが。

ただ、ここで言って置かなくてはならないのは、個性個性と強調している分には構わないのだが、自分自身が他人とかけ離れて個性的になろうとすれば、しばしば滑稽な結果を招くということである。

もともと、個性のもととなっている人間の性格は、じつに厄介ないろいろの要素の複合体である。そして、人間が成長するにしたがって個性がはっきりしてくるのは、それらの要素がさらに増えてゆくためではなくて、逆に個人が自分の中のそういう要素を点検して、あるものは抑制もしくは圧殺し、あるものはそれを育成するという作業の結果ではないか、と私はおもう。

したがって、性格と個性とは違ってくるわけであり、年齢とともに抑制したり育成したりしたいと考える要素の種類も違ってくるので、個性は微妙に変化してゆく。もっとも、そういう作業をおこなうことなど考えもしない人たちはいくらでも存在しているし、その作業のできる人間はある意味で「悪人」であり「悪党」といえるかもしれない。「善人」には、小説は書けない。

あるいは、書きたいものの内容によって、それを表現するために幾つかの要素を拡大させる必要が起り、個性はアメーバ状の変化を起す。そして、その変化に忠実もしくは過度に照応した外形を求める作家もいるし、従来の自分の文体をなるべく動かさない方針の作家もいる。そして、そのどちらのタイプに属するか、ということも、また、その作家の個性である。

梶井基次郎は後者に属していると考えてよい作家であるが、よく見ると、おそらく無意識のうちの多少の文体の変化が見られる。「城のある町にて」では居ずまいを正した沈鬱な表情、「檸檬」では、透明な底に仄《ほの》かに客気が動いていて、その客気がもう少し大きくなると「ある崖上の感情」となり、さらに拡大されると「Ｋの昇天」になる。「交尾」「闇の絵巻」では、物の内側を見る緊迫した眼差し……、これは悪くない。しかし、その時期の梶井にとってもっとも自然体で平静でしかもいきいきしている表情のものは「愛撫」で、これが私は一番好きだ。

しかし、個性の振幅度はもともとそれほど大きなものではないので、それらを一括して「梶井の文体」と呼ぶことができる。

ある日、私は川村二郎という頑固きわまりない評論家と、梶井基次郎についての対談をしていた。そのとき、梶井の文体についての意見の交換のあと、話がこじれた。

吉行　今度よく読んでみたら、梶井にはかなりクセのある文章もあるんですね。だけど、いままでの印象だと、まあ一番いい酒は喉を通るとき水みたいだと言いますが、それに近い文章という印象を受けていた。太宰治の場合は、樽酒の匂いがこれだっていうような……。

川村　いや、あれはどぶろくですね、樽じゃない。樽は高級なものですよ。

吉行　それにしても押しつけるところがあるでしょ、これだ、というような。

川村　樽でもいいのはそうじゃない。

吉行　喉へ、すうっと入りますか。

川村　それは入ります。太宰はどぶろくですよ。

吉行　(笑)まあ、どぶろくでいいにしても、ぼくはやはり、樽の匂いというのにはある押しつけがあるとおもうんだよ、いいにしても。

川村　いや、いいのはそうじゃない。すうっと喉に通るってことは確かです。

吉行　これがやはり梶井の生命を長くしていると同時に、太宰みたいな形の愛読者はいない。

川村　つまり、太宰につくようなファンがつかない。

吉行　太宰のファンの多くは低級なファンですよ。
川村　ただ、そこが問題なんだな、スノッブがつくってことがあるんですよ。
吉行　いや、ちょっと待ってください。太宰にスノッブがつくというのは分りやすいんだけど……。
川村　あれはスノッブじゃない、ミーちゃんハーちゃんですよ。（笑）

この対談中もそのあとでも、樽酒についての自分の受取り方を話すのを忘れていた。川村二郎氏は私よりやや年下だが、私の年代が日本酒を飲めるだけの金が持てるようになったのは、昭和二十年代の後半である。そして、「樽酒というのは、『タル中《なか》』といって、樽の半分くらいのところのものが最も旨い」というような話を聞かされると同時に、「樽酒と称したって、あれは杉箸を何本か酒の中に突っ込んでおいて、誤魔化しているんだよ」という言葉も、脳裏に強く刻み込まれた。

この対話のなかに出てくる「樽酒」には、私にとってはインチキの樽酒のイメージがあり、川村二郎氏には正統派のそれがあったのだとおもう。ただし、太宰治の文章について言えば、私は半ばどぶろく説に賛成だが、インチキだとはおもっていない。たくさんの模倣者が、太宰治にたいしての私の印象を悪くしている。

この対話のなかで、私が「文章」といったのは、「文体」というのが正しかったのだろうか、どうなのだろうか。

吉行淳之介（よしゆき・じゅんのすけ　一九二四〜九四）
初出　『文体』創刊号、一九七七年九月
底本　『吉行淳之介全集』第十三巻、新潮社、一九九八年

小説家と日本語

丸谷才一

昭和九年、谷崎潤一郎が『文章讀本』をあらはしてのち、同じ題、あるいはよく似た題の本を三人の小説家が書いた。昭和二十五年の川端康成、昭和三十四年の三島由紀夫、昭和五十年の中村真一郎である。[*1] そして今またわたしが『文章読本』なるものに取りかからうとする。

すなはちわづか半世紀にも満たないうちに、文章の書き方、味はひ方の手引が五人の小説家によつて作られるわけだが、考へてみればこれはずいぶん異様な文学史的現象ではないか。こんなことは明治大正にはなかつた。[*2] 維新以前にはなほさらなかつた。とすれば、これら一連の『文章読本』は昭和文学の一特徴と見て差支へないものなのである。後世の文学史家は案外この五十年間を要約して、小説家が文章入門をものするかたはら小説を書いた時代とするかもしれない。

しかし、この一時期、なぜこんなに多くの『文章読本』が書かれたのだらうか。それも詩人や劇作家や批評家によつてではなく小説家によつて、すくなくとも小説を表藝とする文学者によつて、書かれたのだらうか。あるいは、これを逆に言へば、わたしの知る限り代表的な詩人や劇作家や批評家がこの手の仕事をしなかつたのはなぜだらうか。たとへば三好達治ならさういふ話にはきつと乗気になつたはずなのに、誰もそんな企劃を立てなかつたのはどういふわけなのか。こんなことを言ふと突飛な質問のやうに見えるかもしれないが、この突飛さにはかなりの意味がある。それは単に取上げるにふさはしい話題、答へ甲斐のある問、解くに価する謎であるだけではなく、新しい『文章読本』の最上の出だしとなるにちがひない。

だが、そのへんのところをじつくりと考へるには、谷崎の著書だけに話をしぼるほうが具合がいいし、さうするのはあながち不当な処置ではなからう。それは第一に最初の『文章読本』としてこの種の述作の型を定めた。第二に、川端、三島、中村三家の本が、もちろんそれぞれの美質はあるものの、全体としてはいづれもさほどの充実を誇ることができないのに[*3]、これは格段に力のこもつた傑作なのである。ここで人は、たかが入門書に傑作とは大げさな、などと笑つてはいけない。たとへば荻生徂徠の『經子史要覽』

のやうに、世にはときとしてさう形容するしかない手ほどきの本があるものなのだ。

もつとも、わたしは谷崎の『文章讀本』の論旨にことごとく同意するわけではない。ふといふのは、巨匠の藝談、初心者に与へる適切な忠告がたつぷりと語られる合間に、ふと、現役の藝術家の危険な願望、無謀な野心が打明けられ、いや、それくらゐならまあいいが、困つたことに、長い歳月にわたる読書と制作の生活がもたらした高い見識と鬱然たる学殖のあひだに、とつぜん、浅見ないし無思慮、あるいはすくなくとも用語の誤りが置かれるからだ。もちろん文章の達人だから、うつかりしてゐたのでは何となく読みすごし、さらには、さすがに大したものだなどと感心さへするやうに上手に書いてあるけれど、腰をすゑて仔細に読み進むとき、人はこの名著に含まれてゐる錯誤に驚くことにならう。

が、それにもかかはらず谷崎の『文章讀本』は依然として偉大である。あるいは、この薄い本の威容は区々たる意見の当否によるのではない。さうではなくて、むしろ、彼ほどの大才、彼ほどの教養と思考力の持主が初学案内の書にときとして浅見と謬想とを書きつけざるを得ないくらゐ切迫した状況で現代日本語といふ課題に全面的に立ち向つたこと、その壮大な悲劇性こそ『文章讀本』の威厳と魅惑の最大の理由であつた。このとき彼は安全な入門書をあらはしたのではなく、危険な宣言を発表したのである。

なほ、ここでちよつと断つておく。わたしが彼の大才を言ひ教養を言つても、人はそれを当然のこととして認めるに相違ないが、彼の思考力となると果してどうだらうか。世にはその脆弱さを言ひ立てるならはしが確立してゐるやうに見受けられるからである。しかし、たとへば『陰翳禮讃』に見られるやうな文明批評の才とは、独自な直観を心のなかでゆつくりと育てながら体系化してゆく執拗さにほかならない。さういふ資質に彼以上めぐまれてゐる人は同時代に珍しかつたのではないか。また、『文章讀本』の冒頭における、言語とは何か文章とは何かといふ概括は、むづかしい術語などちつとも使はずにそして的確にこの二つの基本的な概念を定義してくれて、まことに頭にはいりやすい、名人藝の講義である。語学に秀でてゐた谷崎のことゆゑ英書を何冊も参看したかもしれないが、大事なのはその勉強の痕が見えないくらゐよく咀嚼《そしやく》してあることで、これはすなはち、言語とは何か文章とは何かといふ命題を自分の頭で考へ抜いたと同じいといふ言ひ方がをかしいならば、自分の頭で考へ抜かうとしてゐるからこそ、他人の言説を然るべく参照することが可能なのである。この種の思考力にかけてもまた、彼をしのぐ者は、学者のなかにすら極めてすくなかつたとわたしは思ふ。ところが、さういふ彼でさへ奇妙な思ひ違ひをしてしまふくらゐ、現代日本語で文章を書くといふことについて論ずるのはむづかしい。そして彼は、惑乱に陥るくらゐ懸命に、みづからの信条を述べたのである。

谷崎の最大のあやまちは、眼目である第二章「文章の上達法」の劈頭《へきとう》に見ることができる。「文法的に正確なのが、必ずしも名文ではない、だから、文法に囚はれるな」と彼はまづ強調するのだが、不思議なことに彼の言ふ「文法」とは国文法すなはち日本語の文法のことではない。英文法のことである。かう言へば、まさかそんなことがあるものかと誰しも怪しむにちがひないけれど、わたしの説が信用できないなら、『文章讀本』のこの章を再読してもらひたい。文豪の権威に眼がくらまされてゐない限り、ただちに納得がゆくだらう。

つまり谷崎は極端な欧文脈の文章を書いてはいけないと教へてゐるのである。このことは自作『鮫人』の一節を例に取つて人称代名詞の多用を戒めるあたりに明らかだし、また、『雨月物語』巻頭の一篇の書き出しを引用して、この代表的名文には主語がないとか、時制がないとか指摘するのを見てもはつきりするはずだ。

もちろん谷崎の意識のなかでは英文法と国文法がいりまじつてゐるから、彼が「文法」と書いた箇所をいちいち「英文法」と直して読むわけにはゆかない。事態はもうすこし渾沌としてゐる。だが、肝心のところでは「文法」すなはち「英文法」と置けば話は明快になり、すらすらと呑込めるのである。たとへば次のやうに。

斯様に申しましても、私は英文法の必要を全然否定するのではありません。初学者に取つては、一応日本文を西洋流に組み立てた方が覚え易いと云ふのであつたら、それも一時の便法として已むを得ないでありませう。ですが、そんな風にして、曲りなりにも文章が書けるやうになりましたならば、今度は余り英文法のことを考へずに、英文法のために措かれた煩瑣な言葉を省くことに努め、国文の持つ簡素な形式に還元するやうに心がけるのが、名文を書く秘訣の一つなのであります。

これは「文法に囚はれないこと」の結語の部分だが、「文法」をいちいち「英文法」に直してみた(ただしゴチック体になつてゐる箇所は明朝《みんちょう》の活字に改めた)。この部分は、かう読んでこそ意味が通るはずで、原文のまま「文法」として置いたのでは、その「文法」と「日本文を西洋流に組み立て」ることとの関係はさつぱり判らない。「文法」が実は国文法ではなく英文法だからこそ、日本文を西洋ふうに書くなといふ教訓と結びつくのである。

日本語の文章の書き方を論ずるに当つて、文法にこだはるなと説く。それは一向かまはないが、しかしその文法が英文法だといふのはまことに奇妙な話である。それはたとへばテニスの心得を伝授するとき、水泳のつもりで手足を動かしてはいけないと教へるやうなもので、初心者でも判つてゐる当り前のことではないか。が、谷崎はその当り前のことを文章の秘訣の随一、肝要な心得、ほとんど奥儀に等しいものとして、熱意をこめて述べた。理由は簡単で、自分自身、英文法にさんざんこだはつて日本文を書きつづけ、つまり英文直訳体である欧文脈の文章を綴つたあげく、そのことの非を悟つたばかりだつたのである。英文法を無視して日本文を書け、英文直訳ふうに主語を置くな、英文直訳ふうに時制を用ゐるな、などといふのは、実は彼の自己批判の台詞《せりふ》にほかならない。

さういふ反省のきつかけになつたのは、日本の古典よりもむしろ、のちに谷崎松子となる人の恋文だつたらうといふのは、わたしのかねてからの推測である。その恋文はまだ発表されてゐないし、将来も公開される見込みはないかもしれない。が、それがどのやうな文体で書かれてゐたかは、彼女の著書『倚松庵の夢』に収められた随筆によつて見当がつく。それはまさしく英文法を顧慮しない文体だつたはずで、その艶書においてはかつての純粋な和文が現代の風俗のなかで生きてゐたにちがひない。そのやうに、当代の実生活において和文脈がいまだ生命力を失つてゐないだけではなく、いよいよみづみづしく美しいことをまのあたりに示されたとき、言葉の天才はたちまちにして影響を受けることになつたのであらう。女の手紙によるかういふ文体的回心は、いかにもこの小説家にふさはしい事件であつた。そして、恋文のやりとりの時期が終つたのち、このあでやかな刺戟をさらに持続し、延長し、増幅するため、改めてかずかずの古典、殊に王朝女流の物語類を読み返し、つひに『源氏物語』の翻訳にまで及ぶといふ操作は、谷崎の知的で方法的な努力をよく示すものと言はなければならない。

つまり『文章讀本』は彼の文体の変革を記念する本であつたが、重大なのは、谷崎自身の文体の危機がまた現代日本語の危機と重なり合つてゐたといふ形勢である。彼のやうな代表的な文学者が文体のことであれほど根本的に悩む以上、一時代の文学的・言語的状況を背負つてに決つてゐる、と言へばそれまでのことだけれど、とにかく『文章讀本』にはさういふ柄《がら》の大きさ、運命的な風格があつた。平野謙の重視する昭和十年前後といふ文学史的転換期を、文体論のほうからよく表現してゐるのはこの本であらうし、おそらくこの本以外にはないに相違ない。

昭和十年は一九三五年である。いはゆる口語文の成立は明治中期のことゆゑ、以来ほぼ四十年が経つてゐたわけだ。この年月によつて口語文がいちおう完成したとは言へるかもしれない。かつての粗悪な、そして能力の乏しい新文体は、今、たいていのことは何とか書ける文体になつてゐた。が、その反面、明治大正のころの口語体がまだ漂はせてゐた文語体の名残りがすつかり失せ、あるいは骨格の弱い、あるいは風情のない、文体に変つたこともまた事実なのである。さういふ状況を最もよく示すのは、新感覚派とプロレタリア文学のあとを受けて登場したいはゆる昭和十年代作家の文章と、大正時代の文学の生き残りである人々（殊に谷崎その人と佐藤春夫）の文章との極端な対比にほかならない。そしてこのやうな文学史的事情の背景としては、三代にわたる西洋文明摂取によつて社会が変り、日本語の語彙が改まり、語法が乱れつづけたといふ急激な移り変り、常に普請中《ふしんちゆう》であり常に熟成を許さないわれわれの現代文明の基本的な性格があつた。関東大震災ののち十年以上の歳月が流れて徳川時代の遺風がまつたく消え失せ、さらに世界恐慌がわれわれの社会の安定をゆすぶつて、文明の混乱が飽和点に達した（と彼が感じた）とき、谷崎は二つの批判――文明論における『陰翳禮讃』と文体論における『文章讀本』を書いたのである。それはいづれも、浅薄な欧化主義がもたらした俗悪なもの、没趣味なものへの非難と攻撃、一種の反近代主義の提唱を主題としてゐた。

が、ここから話は複雑になるのだが、谷崎はこれだけ過去を悔い、自己を批判したにもかかはらず、依然として欧文脈の文章を書いたのである。もちろん『文章讀本』の時期以後の作品では、たとへば『鮫人』などと違ひ、いつもきちんと主語があるといふわけではなかつた。人称代名詞がうるさくつきまとふわけでもなかつた。英文直訳ふうに時制を重んじて、過去のことなら過去形、現在のことなら現在形といふわけでもなかった。しかしそれはいはば、以前よりは格段に洗練された、優れた訳し方になつたやうな変化、飛躍的な上達とも言ふべきものであつて、大本《おほもと》のところにあるものは相変らず欧文めいた構造なのである。彼はつひに欧文脈を捨てることができなかつた。このことは『細雪』を見ても、『少将滋幹の母』を見てもよく判るはずで、それは縹渺《ひょうびょう》たる趣や模《も》糊《こ》たる風情とはまつたく対立する、明晰な、いや、むしろ明確な文章で書かれてゐるのである。谷崎はおそらく自分の文体のかういふ性格を知つてゐたはずだ。そして、目標とするところとあまりにも距離がありすぎるのに苛立ちながら、『盲目物語』や『蘆刈』におけるあの平仮名たくさんの仕掛け、『春琴抄』の句読点をはぶく工夫などで、せめていくらかなりと明確さを減じようとしたのではないだらうか。

いつぞやわたしはドナルド・キーンに向つて、日本の現代作家では誰が読みやすいかと訊ねたことがあるが、彼が言下にあげたのは谷崎であつた。曖昧なところがちつともなくて、頭にはいりやすいのださうな。もちろんキーンの語学力は天才的なもので、たとへば平安朝のものを読んでさへわたしをしのぐかもしれない。しかし、さういふ才能の持主ではあつてもやはり英語が母国語だから、最も上質の欧文脈で書く谷崎が最も判りやすいといふのはよく納得がゆくことである。

谷崎が『文章讀本』で欧文脈を鋭く裁き、そのくせ相変らず欧文脈で書きつづけたことは、言行不一致と言へば言行不一致だけれど、それを咎《とが》める気は毛頭ない。むしろそのやうな矛盾を堂々と生きたことこそ彼の偉大さのしるしなのである。われわれの文明がこれだけはなはだしく西洋化されてゐるとき、欧文脈の文章をしりぞけたのでは広い現実とつきあへなくなり、具体的な風俗から離れることになつて、小説らしい小説などとても書けなくなるだらう。そして谷崎は、あくまでも小説らしい小説を書く型の作家であつた。同じことは、たとへばもう一人のいかにも小説家らしい小説家、永井荷風の場合を見ても判るはずで、荷風の文章は江戸ふうの和文脈といふ色調が濃いにしても、それはあくまでも表面に塗つてある絵具にすぎず、骨格は欧文脈で出来てゐる。たとへば『四疊半襖の下張』のやうな戯作でさへもその例外ではない。

しかし、一方に欧文脈の必要といふ状況があれば、他方にはそれと険しく対立するいはれ因縁があるのが、現代日本語なのである。一体、文章はいささか保守的なくらゐが具合のいいもので、これはまづ、文章は伝達を旨とするといふ事情による。さらには、言葉といふものがみな過去から伝はつて来た、伝統的なものであることに基づく。たとへ新語でさへも、過去から借りたものに多少の手直しを加へただけにすぎないのだ。とすれば、日本語の文章が日本古来の調子をうまく生かしてゐるほうがいいのは当り前で、第一、あまり革命的な文章では、読んでも意味が通じないし、意味が通じても気持が落ちつかない。すくなくとも趣味が悪いといふことになるのは明らかである。

つまり現代日本文においては、伝統的な日本語と欧文脈との折合ひをつける技術がとりあへず要求されてゐるわけだが、それが最も上手なのはどうやら小説家であつたらしい。宗教家でも政治家でもなかつた。学者でも批評家でもなかつた。歴史家でも詩人でもなかつた。小説家がいちばんの名文家なのである。当然のことだ。われわれの文体、つまり口語体なるものを創造したのは小説家だつたし、それを育てあげたのもまた小説家なのだから。

考へてみればこれはずいぶん片輪な文明だらう。しかし、とにかく実情はこのとほりだつたのだから仕方がない。われわれには説教も演説もなかつた。ついでに言へば芝居もなかつた。詩は七五調の文語体で書かれることによつて（つまり短歌と俳句である）文明全体と関係を持つてゐたし（そして口語体で書かれた詩は社会と関係のない孤独なものだつたし）、批評はついこのあひだまで（谷崎の『文章讀本』のちよつと前まで）存在しなかつた。歴史家？ ゐなかつたんぢやないか、よくは知らないけれど。学者？ 文章を書かなかつたんだらう、たぶん。われわれは今日さうつぶやいても、さほど大きなあやまちを犯したことになるまい。すなはち文明は文体を作る仕事をまるごと小説家たちにゆだねたのである。

　彼らはその事業を見事にやつてのけた。息子が父親と喧嘩する話とか、女房に逃げられた男の嫋々たる愚痴とか、中年男が女の蒲団を嗅ぐ話とか、女房に姦通された男が山の上から眺める夜明けの景色とか、侍の殺し合ひの一部始終とか、変り者が質屋へ行つて衣がへする話とか、英語教師の家に飼はれてゐる猫の自叙伝とか、その他いろいろのことを書きながら、しかし小説それ自体よりもむしろ一国の文体の創造といふ点で成功した。その證拠には、小説家の文体を借りて政治家は演説したり手紙を書いたりし、新聞記者は記事を書き、宗教家は聖書を訳すのである。医学も裁判も、この文体がなければ成立しないだらう。明治維新以後の小説家たちの最高の業績は、近代日本に対して口語体を提供したことであつた。日本はこれによつて存続することができたのである。ひよつとすると、これほど一文明に対して貢献した小説家たちは世界文学史において珍しいのではなからうか。いや、わたしは皮肉を弄してゐるのでは決してない。ただ奇妙な感慨に耽《ふけ》つてゐるだけなのである。

　そして、谷崎が『文章讀本』を書いた最大の理由もまた、かういふ事情と関係があつたらうとわたしは思ふ。彼が金のためにこの本を書いたと考へてゐる人は多いだらうし、それはある程度、正しいにちがひない。しかしそれが全部ではないし、今となつてはほとんど無視してかまはないことだ。むしろ、同業の小説家たちがせつせと作つて来た口語体なのに、そして自分自身もその発達と定着にずいぶん参与してゐるのに、その現代文体が数十年ののちをかしな具合になつたことの責任を彼が取つた、といふ局面のほうが遥かに大事だらう。一方、読者のほうとしても、彼の『文章讀本』をあれほど歓迎したのは、やはり、口語体は小説家たちがこしらへたものだといふことのせいで、餅は餅屋といふ気持が強かつたのではないか。

小説家たちの発明としての口語体といふ認識は、日本の社会全般にゆきわたつてゐて、そのため小説家たちは次々に『文章読本』を依頼されることになつた。といふのは、一つには、それほどこの文体は使ひこなすのがむづかしいのだ。最初から小説むきに作られたため、一人ひとりの作家の個性、と言ふよりも趣味と生理と癖による要素が強すぎ、普遍的な型が確立してゐないためである。しかしこれは、何しろ口語体の当初の目的が小説を書くことだつたのだから、ある程度は仕方がない。文体の歴史をそもそものはじめからやり直し、鍛へ直すわけにはゆかないのである。

＊1　昭和十二年の菊池寛の本は代作だし、同年の里見弴の本は子供のためのものだから、ここでは考慮に入れない。そして昭和二十九年の伊藤整の本は編著だから、これも

除くことにする。

＊2　ただし、明治三十九年、田山花袋は『美文作法』を出した。

＊3　ただし中村真一郎『文章読本』の前半はすこぶる示唆に富んでゐて、この前半に関する限り、川端や三島の本と同格にあつかふわけにはゆかない。なほついでに一言しておけば、川端の『新文章読本』は代作と言はれてゐる。

丸谷才一（まるや・さいいち　一九二五～二〇一二）

『文章読本』「第一章　小説家と日本語」より抜粋

初出　『中央公論』一九七六年一月号

底本　『文章読本』改版、中公文庫、一九九五年

なじかは知らねど長々し

野坂昭如

ぼくは、左手でもかなり早く文章を書くことができる。これは妙な偶然から、つづけて右の小指を骨折し、三ヵ月近く鉛筆をもてず、たかが小指一本であっても、金属製の副木《そえぎ》シーネを、肘《ひじ》から手首にかけあてがわれていると、字は書けぬ。

やむなくテープレコーダーに、本来なら原稿用紙にしるされるべき文章を録音してみたが、元はといえば芸能界育ち、マイクにはなれているはずなのに、まるっきり態をなさず、締切りは迫るし、脂汗流しつつ、あれこれ努力したが駄目であって、仕方ないから、骨折二日目にシーネをはずし、割箸《わりばし》をあてて、これならなんとか字が書け、いや、文章がとりあえず流れ出したのだ。

おかげで、ぼくの小指は関節一つ分みじかくなってしまい、あたかもやくざの指つめた如きあんばいだが、この時、しみじみこれは左手で書く練習をしていなければ、えらいことになるとわかって、まず二週間でそれはかなえられたが、困ったことに、字の態をなしただけでは駄目で、ぼくの場合スピードが必要なのだ。まずは一時間に四百字詰めで四、五枚がもっともよろしく、それ以下だと、なんとなくぎこちない文章になる、すくなくとも自分には、そう思える。折りにふれ、一寸先は闇の明け暮れだから、右手使用不可能の場合にそなえ、筆は一本でも、腕二本なら、なんとか箸に敵するのではないかと、トレーニングにいそしんでいるのだ。

ぼくは自分の小説の文体について、客観的にどうこうのべたてる能力が、まったくない、そもそも小説なるものを書き初めた時、それまで雑文はかなりの量をこなし、原稿用紙にはなれていた、そして、評判小説もまあ読んではいたのだが、いったい小説とはどんなものであったか、皆目わからなくなり、それでも二、三枚は書いて、破り捨て、五枚すすんでいやになり、これは雑文の癖が抜けないのか、あるいは、雑文に狎《な》れすぎている怯《おび》えで、ことさらそう感じたのか、おのが文章を、どうも小説とみとめにくい。

そこで手近にあった中央公論社刊織田作之助選集の第一巻をひもとき、特に織田作之助を好きだったわけではなく、ぼくは戦後すぐ大阪にいて、当時いわば英雄の如き存在であったこの人物は、やはり気になっていたから、古本屋で買い求め、それまでろくすっぽ読んでもいなかった。今思うと、織田作之助ごく初期の作品で、文体に特徴があり、ところどころ助詞が抜けていたし、センテンスもことさらに長く、べつだん真似する気はなかったが、そのリズムというか、体臭がこちらの肌にあったとみえ、「なるほど、なるほど」と、なにやら納得でき、以後はしごく気軽に初めての小説なるものが書けた、といっても、いったいこれで小説になっているのかしらという怯えは去らず、少々かわった文体に、内容の粗雑さをごま化す気持も強く、つまりゲテものめかすことで、読者を混乱させようという、さもしい心もないではなかった。

この小説が、吉行淳之介氏、三島由紀夫氏に認められて、こちらはひどく驚いたが、また、丸谷才一氏には「七・五調を基本にした文体で、これからも書くといい」と親切な教えを受け、なにが七・五調かわからぬまま、ぼくはしごくくだらぬことを考えていた、つまり、それまで芸能界にいて、その世界では実力よりもはったりが通用する、まったく小説を書く能力について自信はないが、一風変わった文体、これをしもそう呼べるならばだが、それが売物になるのなら、このテでいってみようと、もとよりつづいての注文などありはしなかったけれど、決心したのである。

現在は、ほぼ月に五、六百枚の小説を書いているけれど、はじめ一種の営業方針ではじめた、助詞とっぱらいの、切れ目のすくない文章がすっかりなじんでしまって、おかしいことに、小説以外の雑文なら、まだことさら意識することがあるが、小説書く時には、おのずと、一種の祭文《さいもん》風になる。ぼくが十六歳まで大阪にいたせいだろうけれど、関西訛りのもつ、リズム感やこまかなニュアンスが肌身にしみこんでいて、また、ぼくは、地方訛りの声色がいくらかすぐれているようにも思う。九州秋田など、特徴のはっきりしている言葉なら、二日その土地にいると、かなりこなすことができる、そして、ぼくは、その土地の訛りを使うと、楽に小説が書けるけれど、まるっきりだめなのが、標準語なのだ。いわゆる東京弁、下町で育ち、現在、七十歳以上のお年寄りの口調をつかうなら書けるが、NHKアナウンス風のものいいで、会話を書くと、違和感があって、筆がすすまない。

多分、ぼくの文体は、土着の言葉にむいているのだろうと思うし、といってその言葉は、関西弁をのぞけば、声音にしか過ぎないのだが、すくなくとも、地方語のリズムがなければ、書けないらしい。「池ボチャン落ちよってん」「さよか」であれば、すらすら進むのに、「池にボチャンとおちちゃってね」「あらそう」とくると、頭かきむしりたくなる、「娘さんな、おいなはらんとね」ならよくて、「お嬢さん、おいでになりまして」では駄目なのだ。

結局、ぼくの文体というものは、調子よくリズムにのって、すくなくとも自分ではそのつもりとなって、たったかたったかすすむのにもっとも適している、もちろん、ぼくにとってであるが。もともと、原稿用紙にむかっても、いったい何をどう書くのか、わかっていたためしがない、わかっていると、そのいちいちにこだわって、たいてい完成できない。なにごとも出たとこまかせ、一時間四、五枚のペースといえば、とても途中で読みかえせないし、そんなことをすると、たいていそのままあおむけにひっくりかえって、うとうと寝てしまう。

うぬぼれていうのだが、だからたいてい、書き終えて後よくまあ、こんな風にうまくまとまったなあと、感心しているし、これまでのわが性癖をまとめると、まったくストーリーを考えずに、ただせっぱつまって、とりあえず一字を書き出すのだから、締切りぎりぎりにならないと、書けず、まこと編集者には迷惑ばかりかけている。また、なんといっても書きとばしだから、ゲラを必ず見ないと、ひどいことになってしまう。標準語の会話が駄目だから、つい地方に題材をとることとなるし、地方訛りのインテリもいらっしゃるけれど、どうしたって、大学教授や、いや、大学生すらも登場しない、この知識階級が登場しないのは、ぼく自身の無知無学が、もとよりいちばんの理由だし、論理的思考能力が、完全に欠如しているせいでもあろう。だから、近代的な小説は書けない、常にでまかせなのだ。

ぼく自身が、目指すものは、義太夫、春本、落語であって、七・五調にこだわるわけではないが、そのリズムを内に秘めた、眼で読んでいて身内にこころよい、内容などしごく月並みでいいから、小説を書いてみたい、「あだしがはらのみちのしも、ひとあしずつにきえていく」風文章であり、かけ言葉を用い、頭韻脚韻をふまえたもの。また、春本を考えれば、ぼくの文体はそれにふさわしいようにも思える、好色本といってもいいのだが、べつに種彦、春水を真似るわけでなくて、昭和期における好色を書きたいと思う。落語というのは、「あたごやま」「あくび指南」の系列に加えられるものを、目指す。

文体が衣裳なのか、それとも顔なのか、あるいは志であるのか、よくわからないが、ある時、ふっと現在の姿から、別のものにかわるかもしれぬという、予感はある、いずれにしろ、自然発生的にでてきたものであり、少々偽悪的ないい方をすれば、やたら行を替え、すかすかの文章のならぶ娯楽小説雑誌の中で、一風かわっているだろう、これを営業方針にしていれば、ひょっとして、奴は良心的だなどの、質よりも、一種の量でみとめてくれるのではないかという、計算さえいまだにないではないのだ。

にしてもぼくもまた、小説はなにより志であると思っている。これは、かわらないだろう。

野坂昭如（のさか・あきゆき　一九三〇〜二〇一五）
初出　『国語教育』一九六九年十月号
底本　『私の文章作法』安岡章太郎編、文春文庫、一九八三年

緊密で清潔な表現に

古井由吉

私たち四人の四十代作家の編集になる季刊文芸誌「文体」が、この六月の十二号をもってひとまずの終刊となる。「不言派」らしい地味な雑誌であった。ところで雑誌の編集には出張校正と称して、スタッフが印刷場の一室に詰める何日間かがある。私たち四人の同人も三ヵ月に三日ほど印刷所へ通って、校閲のことでは無能に近いが、その道の専門家たちと一緒に夜半まで校正室にこもった。朱の入った校正刷りに念のため目を通すのが役割である。おかげで他人の文章を校正の段階でずいぶん読ませてもらった。私にとっては珍しい体験であった。なまなましいような手入れの跡も見た。なんだか他人の仕事を中途でのぞくみたいで、きまりの悪い思いもした。

同じ文章でも原稿で読むのと活字で読むのとでは印象が違う。本あるいは雑誌として綴じられたのを読むのと、右上端をクリップで止めた校正刷りで読むのとでも、また違うものである。この後者は没個人的な読み方とでも言えばよいか。思わず引きこまれて読む時でも、書き手はいかなる文体文癖の持ち主か、いかなる思想意匠から出る文か、というような相手の個人性への意識が飛ぶことがある。ひどい時には、そもそもだれの文章か、つかのま忘れていることがある。無名のサンプルを次から次へ見るのに似た荒涼とした心地になるものだが、そのとき見えてくる一般の「文体の事情」というものがある。

じつに素朴な印象であるが、文章の段落ごとに、切れ目ごとに、嘆息が聞こえてくる。徒労感あるいは恣意感の嘆息である。個人の想念や感覚は、大きな目で見れば恣意に近いもの、恣意の冒険であるにしても、文章に書きあらわすということは、その恣意が必然に行き当たるということであり、その出合いの、烈しいのもあれば穏やかなのもあるが、とにかくさしあたりこれよりほかにどうしようもないという始末の形が、文章の結び目となるはずなのに、これがなかなか思うように手答え確かに結べない。

文章を書くことに楽天主義があるとすれば、それは、文章そのものに必要が内在していて「私」の恣意はかならずそれに行き当たる、行き当たった形はすでに恣意ではない、という見込みであるはずなのに、肝心の文章が今ではこちらが頼りにするほど強い必然の筋でもって撥ねかえしてはこない。こちらは攻めても攻めても、文章という相手の、マワシに手がかからない。たまに手がかかっても、ユルフンもいいところで、こちらが力を入れるに従っていくらでも伸びる。力を吸い取ってしまう。

この物の言い方は、おかしいのだろうか。文章というものを、自分のこしらえる物とは見ずに、自分の外に厳然として存在するもの、自分の勝手にはならぬもの、としておそれる感じ方は時代遅れなのだろうか。しかし文章がまったく個人の恣意のものだとすれば、だれが真剣に物を書く、だれが大まじめに戯れ文を書くだろうか。常套句を吐いて自分の知恵とするか、行きあたりばったりの思いつきをしゃべり散らして精神の自由らしさを見せかけるか、その程度のことで済ますことになるだろう。

文章を書くということはどのみち、順からだろうと逆からだろうと古典志向、すくなくとも古典という観念への志向である、と私はしょせん思う者である。そんな自己認識が、今ではいささか時代遅れの相貌をして文章に取り組む同類たちの校正刷りを次から次へ読むうちに、誇らしい心地ではなく、檻《おり》の中へ追いこまれかけた動物の周章狼狽の感触をもって降りてくる。

それにしても何という文章の現状とわれわれは取り組まなくてはならぬことか、と私は机の上に雑然と積まれた用済みの校正刷りをながめてまた嘆息する。さまざまな人の、さまざまな文章が、ひとつに入り混ってあらわす字面の印象は、もう個々人の文学を飛ばして、時代のスタイルをあらわすものなのかもしれない。様式としてはいかにも目の詰まっていない、乱雑な印象がある。もしも明治の文学者が現在の文芸書を手に取って頁をめくったら、書かれた内容よりも、まず全体の字面の印象に目を剝《む》き、やがてそむけるのではないか。今の年配者が劇画の、まず頁全体から殴りこんでくるけたたましさに目をそむけるように。

　この形なき文章を、おそらく認識的に、いささかでも詰めようとすることが、文学の生き残る道ではないか、と私は考えている。その結果、文学は詩にせよ評論にせよ小説にせよ、文体が不可能ならせめて緊密さをと思う。物から遠ざかり、エセー（試論）風になり、もろもろの基本的なテーマをひとつひとつ個別的に掘りさげる形になり、しかも態度はあくまでも相対主義なので、ますます小うるさいような、没文体的な見映えのしないものになろうが、緊密で清潔な表現に、認識と文章の貧しき一体化に、世人が興奮する時代がやがて来ないとはかぎらない。

　ついでながら、私たちの通った印刷所の雰囲気を伝えれば、古色蒼然とした木造の二階建てで、印刷工も年配の職人肌の人が多いらしくて、原稿の文字をじつに丹念に拾ってくれるのだが、私たちの出張校正室からミシミシ鳴る階段を降りて中庭へ出ると、出口の両側に、屋根まで届く高さに、製本前の劇画雑誌の刷りあがりが束にして積みあげられている。あれが崩れてきて、俺たちが、小説書きが下敷きになったら、人は面白おかしく語るだろうな、と同人たちと笑いあったことがある。

古井由吉（ふるい・よしきち　一九三七～二〇二〇）
初出『読売新聞』一九八〇年五月二十二日
底本『招魂としての表現』福武文庫、一九九二年

詩を殺すということ

澁澤龍彦

私は乾電池式の電気剃刀を使っているが、どうも電気がすぐ弱くなるような気がしてならないので、現在、コンセントに差しこむコード式のやつに買い替えようかと思案しているところである。

詩とは、電気のように世界に遍在しているものなので、わざわざ手前で自家発電をするには及ばない、というのが詩に対する私の基本的な考え方である。

今日、日本でおびただしく生産されている現代詩というやつは、私には、切れ味のわるい乾電池式剃刀のような気がして、信用する気がしないのである。人工的な純粋ポエジーの塊りは、かえって起電力が弱いのではないか。それよりも、私はコードをコンセントに差しこみたい。コンセントは、いたるところにたくさんある。古典でもいい、絵画や音楽でもいい、私たちの日常生活でもいい、これらのコンセントにコードを差しこみさえすれば、ヴォルテージの高いポエジーは、私の内部にぐんぐん流れこんでくるだろう。純粋ポエジーの塊りなんぞは、私には全く不要である。

そういっても、私が現代詩に全く無縁だというわけではない。ただ、私が現代詩から何らかの影響を受けるとすれば、それは主として感受性の面においてだけであって、言語使用法の面にまでは及ばない。私と同じように、詩に対して頑固な不信の念を表明しているジョルジュ・バタイユが、次のように書いているのを見られたい。

「私の言語使用法は古典的なものだ。言語は意志の器官である以上、私は意志という様式に基づいて自己を表現する。そして意志は行きつくところまでは行くのである。ことばで喋る以上は、意志の放棄などに何の意味があろう。ロマンティシズム、嘘、無意識、詩の訳の分らぬ悪ふざけ。」（『有罪者』）

散文の訓練とは、一つには詩を殺すことによって成立する。私は二十代の半ばから、ひたすら詩を殺すことを心がけてきた人間である。だからといって、私の内部にポエジーが涸渇しているということにはならないだろう。私は、私の内部からあふれ出ようとしている安っぽいポエジーに対して、いつも警戒の目を光らせている。私の警戒の網の目をくぐって、紙の上に滲み出してきたポエジーがあったとすれば、それこそ本物のポエジーだろう。

現代詩人に対して、私はある種の同情を禁じ得ない。私の親しくしている若い詩人たちのなかにも、詩だけを書いていたのでは、何か自分の存在が稀薄になるのではないか、といったような不安をいだいている人が意外に多いようである。そうかといって、随筆と称する雑文を書いたり、テレビやラジオの原稿を書いたり、流行歌の作詩などに手を出したりするのは、さらに馬鹿げているだろう。結局、小説を書きたい、などと言い出すのが落ちであろう。これは私に言わせれば、乾電池式電気剃刀の歎きの歌である。

現代詩人たちの多くが、このような不安にさいなまれ、このような希望を表明しているという事実の裏に、私は、彼らが言葉に復讐されているのではないか、という疑いをいだかざるを得ない。詩人は言葉を大事にする、というのは一つの通念にすぎないのであって、果して現実の詩人が、現実に言葉を大事にしているかどうか、そんなことは誰にも分らない。むしろ言葉を軽く扱ったために、その報いを彼らは受けているのではなかろうか、と私は疑うものである。

身も蓋もないようなことを言ってしまえば、本物の詩人でない詩人は、さっさと詩なんぞ書くのは止めてしまった方が賢明である、ということだ。私たちは、それほど多くの詩人を必要としていないのである。

澁澤龍彥（しぶさわ・たつひこ　一九二八～八七）
初出　『現代詩手帖』一九六八年三月号
底本　『澁澤龍彥全集』第十巻、河出書房新社、一九九四年

言葉と《文体》

金井美恵子

1

女を描ければ小説家も一人前だ（あるいは、女を描けなければ駄目、あるいは、女が描けていないから駄目、あるいは三十歳をすぎなければ女のほんとうの顔は描けない、等々）とか、〈自己の文体の確立〉といった、すでにもう、誰がそれを最初に言ったのかさえほとんど忘れ去られかけている（無数の声がそれを言ったのだが）類いの、言い古されていると同時に、何時《いつ》でもきっかけさえあれば新しい今日的問題として甦る〈文学的問題〉というのがある。作家というものは、今日的でかつ文学的な〈問題〉に〈真摯〉に〈直面〉しなければならないらしいが、〈文体〉という〈問題〉がどう〈今日〉とかかわっているのかということを、わたしは〈内向の世代〉（中上健次は彼等を「女が描けていないから駄目だ」というのだが）が『文体』という雑誌を創刊したらしい、という程度以上に理解しているわけではない。「女が描けていないから駄目だ」とか〈文体〉という〈言説《ディスクール》〉は、いかにも古めかしく聞える。それはともに、〈文学〉とか〈小説〉について語っている言葉のようだが、一方は文学以前の〈現実〉や〈世界〉の持つ真の姿形、無秩序な〈力〉について語られ、一方はそうした無秩序の力についての表現上の技術、いわば作品の持つ表層性——しかもその表層性は真の姿形の内面と分ち難く結びついている、というわけなのだが——について語られているようである。いずれにせよ、時代錯誤的ではあるとしても、〈文学的問題〉というものは、いつでも言い出されかたによっては新鮮だし、第一、それは言い出されたことによって、わたしたちのいわば、まあ進行形の〈文学行為〉の中で、そうした〈言説《ディスクール》〉が、すっかり忘れられていた、ということを思い出させてくれる。

　ようするに、わたしは〈言葉〉については考えていたが、〈文体〉について考えたことはあまりなかったし、小説について、女が描けているかどうか、ということは、一度も考えたことがない、と言ったほうがいい。「三十歳になるまで女のほんたうの顔を描きだすことはできない」と言ったバルザックの小説に関する公理的言葉を、『復興期の精神』のなかで花田清輝は「三十歳をすぎても女のほんたうの顔を描きだすことはできない」と訂正する。バルザックが女と言っているのは、いわば世界の多様性——混沌としてつかみどころのない無秩序の暴力的な充満——のことで、そうした世界の多様性を視野におさめることのできる遠近法として文学上の（もしくは世界観上の）強力で具体的な法則を見出すことによって——それは多分、三十歳をすぎなければ獲得できないほどの、切実な経験と落着きが必要なのだろうが——はじめて小説を書くことは可能だ、ということなのだろう。〈女のほんたうの顔〉というよりは、人間もしくは世界の〈ほんたうの顔〉を書くのに具体性よりも抽象性を重んじる花田清輝は、〈ほんたうの顔〉が具体的な描写による遠近法の時空のなかで、超越的な抽象性を持たない具体的な瞬間瞬間の持続のなかに埋没していってしまうことを不満に思う。世界の多様性を貫く文学上の遠近法——といっても、もちろん、ここには小説の〈時間〉の構造も含まれているのだが——と、その通俗化した無数の、バルザックとは似ても似つかない無表情をうかべた〈ほんたうの女の顔〉を前にした花田清輝の苛立ちを充分理解したうえでさえも、人間の〈ほんたうの顔〉の描きだし方が、「現在ではバルザック風の具体的な定着の仕方が、それとは反対の抽象的な定着の仕方に、次第に席を譲りつつあるにとどまる」と、三十年前に書いた彼の文章を読む時、わたしは一種の苛立しさを感じずにはいられない。ようするに花田清輝は、〈新しい文学上の遠近法〉もしくは〈方法〉のことを言っているのだが、それは常に、ある段階に〈……つつあるにとどまる〉ものであり、つねに過渡的な性格を持っている。決して定着され得ないものであろう。それが小説というものの本質的性格である以上、小説の言葉はあらゆる遠近法のなかで宙吊りにされているものではないだろうか。〈ほんたうの顔〉の正体がいったい何であるのかはさておくとしても、まずこれだけは言っておこう。〈ほんたうの顔〉を描きだすことなどは、その方法が具体的であれ抽象的であれ不可能だということは。〈ほんたうの顔〉というのは、無限に具体的で同時に無限に抽象化されることによってしか語られないものだ。それは抽象的にしか思い浮べることはできないが、それを語ろうとする時、言葉の持つ具体的な力を信じる（もしくはふりをする）以外にないし、同時に抽象性の持つ希薄さのなかに、その言葉が消えてゆくことを、わたしたちは知っている。世界の〈ほんたうの顔〉は無限で、それをすべて具体的に描くためには、ボルヘスがアンソロジイの中で例をあげている（実は彼の書いた短篇なのだが）、奇妙な地図が必要だろう。地図作成法の技術が完璧の域に達したある帝国の地図のように、〈帝国そのものと同じ大きさになり、細部ひとつひとつにいたるまで帝国と一致する〉地図が。やがてその膨張した帝国と同寸の地図は無用のものとなり、帝国の砂漠地帯に捨て去られ断片的な地図の残骸には動物たちと乞食たちが住むようになったという、おそるべき厳密さと具体性をそなえた地図が。この無用のものとなって打ち捨てられた地図の無惨な残骸は、〈作品〉を成立させようとする壮大な試行錯誤に似ている。ようするにこれはグロテスクなリアリズムだ。

そして、書くことは、完結しているかに見える〈文体〉の向う側にあるもの、きわめてあやふやな存在ではあるものの、時には信ずるに足るほど確立しているようにも思われ、世界からも空間からも時間からも、まぬがれて変化することのない絶対性のなかで成立しているかのような、あの〈文体〉、ある闊達さの感覚で自由に扱うことさえできそうな気のする自分の明晰な〈文体〉を、つき崩そうとする言葉の猛威に身をまかせて戦慄することだ。

2

それでは、いったい〈文体〉とは何なのか。

それはまず作者に固有なもの、交換不能な固有性として考えられる。ある特定の〈文体〉を模倣することは出来るし、わたしたちはある作者の〈文体〉を真似することで文章を書きはじめさえするのだが、それではまだ〈一人前〉の〈作家〉にはなれない。

まず〈文体〉だ。もちろん、そのまえに〈表現〉するに真に足る実質的なものがなければならない。思想であれ体験であれ、夢であれ、幻想であれ、世界であれ、それは、まあ何でもよい。そして固有の、〈表現〉される〈実体〉にふさわしい〈文体〉を発見し、自己のものとして確立することによって、人は〈作家〉になる。〈文体〉はまるで〈作家〉の顔のように考えられる。ようするにそれは固有で、その作家らしさそのものなのである。実際、愛読したことのある作者の文章について、それが初めて読むもので、作者の名も見ないで偶然開かれた雑誌や本の任意の一ページから読みはじめたとしても、すぐに誰の書いたものかわかる、という経験は別に珍しいことではない。その〈文体〉は特定の作者に所属して、作者をあらわしている。〈文体〉はまるで作者の面の皮のように部厚く固定的であるかのようだ。顔というものがそうであるように、顔の持ち主の心理や感情によって様々な表情という変化を見せはするものの、顔そのものは不動の固有さである特定の個人に常に所属していることを証明する（というよりも、ある特定の個人であることとの判断を、わたしたちは顔――いわば肉体の表層性――にゆだねている）のと同じに、ある作者にわかち難く所属している印象をあたえる。それゆえ、〈文体〉に対して、読者は生理的な好き嫌いの反応をまずあらわすのが普通で、それも、日本語の、まあ小説の〈文体〉として、おおかたのくろうとに嫌われるのは、抽象語や観念語、漢字漢語の多用、装飾的表現、詩的なイメージにあふれた文章、カタカナの多用、気障な体言どめ、読みにくい難解な文章、といったもので、それは、まず、一種の〈過剰〉としてあらわれるものだ。良き〈文体〉はこれ等とは反対の性格を持っている。ようするに、それは個人に属して確立したものであると同時に普遍的なものでなければならない、というわけだ。

〈普遍〉という抽象的な概念を信じることで、おそらくわたしたちは〈言葉〉を使うことの恐怖から一時的に逃れられはするのだが、自分の使う言葉が絶対的な普遍性を獲得していると信じることは——ほとんどの小説家はそのことに対して疑ってみようともしないのだが——それほど簡単なことなのだろうか。

たとえば、〈「言語表現による最終完結性」こそ、おそらく芸術としての小説の、もっとも本質的な要素といへよう。〉と三島由紀夫は言う（『小説とは何か』）。そしてさらにつづけて三島は、〈ところが小説は、実に自由でわがままなジャンルと考へられてゐるだけに、この点の認識をなほざりにして書かれたものが実に多く、古い日本語の教養が崩れてゆくに従って、この認識自体が小説家の内部で日に日に衰へつつあるやうに思はれる。〉と言うのだが、古い日本語の教養という、いわば特権的知識と分ち難い関係にあるらしい〈言語表現による最終完結性〉とはいったいどんなものかといえば、もちろん、三島由紀夫の小説を読むのが手っとり早いには違いないにしても、『小説とは何か』のなかで彼は、つづけてこう書く。〈物には名がある。名には、伝統と生活、文化の実質がこもつてゐる。〉彼は「舞良戸《まひらど》」という名の戸の例をひきあいに出して、この今ではへ古い邸や寺などに見られるだけ〉の戸が、何も小説は、現代的なマンション生活ばかりを扱うべきだという規則があるわけではなく、〈小説家自身の過去の喚起が、小さな事物をも重要な心象たらしめるから、現代小説にだつて、舞良戸が登場することは免れない。〉それは確かにそうだ。舞良戸が出てこようと、もっと他の聞いたこともないような〈古い日本語〉(ある物を正確に指し示しながら伝統によってわかち難く物と結びついている言葉)が出てこようが、そんなことは好み——教養と三島は考えるかもしれないが——にまかせておけばよいのである。そして、その舞良戸を小説に登場させる場合だが、〈さういふとき小説家は、言語表現の最終完結性を信ずる以上、第一にその「名」を知らねばならない〉のであり、なぜなら〈名の指示が正確になされれば、小説家の責任はをはり、言語表現の最終完結性は保障されるからである。〉と言う。

本当だろうか? 小説家というものは、それほど〈言語表現の最終完結性〉というものを信じられるものだろうか。小説のなかで言葉というものは、物の名を正確に指示しただけで、それほどおさまりよく、〈言語表現の最終完結性〉を獲得するものだろうか。〈言語表現の最終完結性〉という構築物の地平線の彼方から、書かれた言葉が本当のことなのかどうか、と問いつめる狂気じみた声のやって来ることを、三島由紀夫自身『荒野より』という短篇のなかで書いている。早朝三島家に押しかけて来る狂気の青年、ガラス戸を破って薄暗い書斎に闖入《ちんにゅう》し、そこで百科辞典を読んでいる〈決して作家が見ることのできない「読者」の顔〉を持った青年は、〈本当のことを話して下さい〉と繰りかえすだけなのだが、こうした声を、〈ふだん閑却してゐる広大な地域〉そこへ目を向けないように暮してはいるが〈所在は否定できない〉〈私の心の都会を取り囲んでゐる広大な荒野〉からやって来る狂気じみた声を、正確に名付け指示することは、はたして可能だろうか。所在を知りながら、〈つひぞ足を向けずにゐるが、いつかそこを訪れたことがあり、又いつか再び、訪れなければならぬことを知つてゐる〉その仮に名付けられた〈荒野〉から発せられた無気味に中性的な無名の声という〈物〉に対しては、どんな〈名〉を指示したらよいのか。それが〈読者〉であると三島は名付ける。では、その〈読者〉の発する言葉は？ それは何と名付けるのか。指示する指の絶間ないずれが、言語表現の最終完結性をまぬがれて、仮に名付けられた言葉をつかうならば〈荒野〉のほうへと踏み出してしまう小説（たとえば、大岡昇平の『野火』のような）のことを、わたしは考えているのだが、もちろん、『荒野より』の作者は、そうした〈荒野〉の彷徨者ではあり得ない。

小説には、また「舞良戸」以外の物も登場するのであって、それは正確な名を持たない〈物〉かもしれず、それ自体が〈最終完結性〉を永遠に持たないものであるかもしれない。というより、言葉の無限の荒野のなかで〈無秩序が猛威をふるう豊饒さともいうべき〉、言葉を選びとることに戦慄することが〈書くこと〉なのではないだろうか。〈書くこと〉は〈文体〉を選びとることなどではない。まして物の正確な名を指示することなどではあるまい。言葉に直面することだ。

3

書かれていない言葉と、書くことのはじまりに、まだ作家とはなっていないある存在は、書きはじめようとして直面する。そして、奇妙なことに、それは、〈詩と散文〉のいずれの言葉を選ぶかという、ひとつの〈文体〉の問題として語られる場合が多いようだ。詩的なものから脱け出し、散文を獲得することでもまた人は〈作家〉になる。詩を〈青春の文学〉と規定したがる日本の文学的風土としては、もっともな話だし、当のわたし自身、詩人出身の小説家ということになっているのだが、わたし自身のことはさておくとして、たとえば、吉行淳之介は『薔薇販売人』によって〈はじめて私は散文が書けた〉と書く。〈それまでの作品はすべて、詩の領域に属するもの〉であり、やはり書きたいのは散文だ。〈詩から散文に移りたい気持になった理由はいろいろ混み入ってい る〉が、いちおう吉行淳之介は三つの理由、〈自分の詩作品に不満足であった〉〈資質が散文のほうに適しているのではないか〉〈詩という表現形式では収り切らぬものを感じていた〉をあげている。『私の文学放浪』のなかで吉行淳之介は、若い時分に書いた「詩と小説と」という文章を引用しているが、これはおそらく、今日の日本の小説家のほとんどが考えているだろう〈詩〉というものを語っているように思われる。〈文学以前とも言わるべき精神の緊張した状態が惹起される〉のには、ようするに人が書くことのはじまりに戦慄する時には、二つの場合がある、というのだ。一つは〈宇宙に存在する種々の現象に接触した結果、作者の心に自然発生的に起る場合〉があり、〈種々の現象が、知性を刺激した場合も、感性に交感した場合も〉ともに作者の緊張した精神の状態は〈作者自身にも漠として捉えどころのない、しかも明瞭な一つの匂い、或は色調とでも言えるものを有する靄《もや》のようなもの〉であり、〈詩は、精神の此の状態において筆を把るべき〉なのである。その靄のようなものを〈知性で分析〉するのも〈そのままを文字に再現〉するのもいいが、〈此の状態で筆を把れば、作者が散文を書く意図を持っていても、結果としての作品は、詩の範疇に属するものになる。〉そして、第二の場合だが、それは小説を書くことについて語られている、それは、ようするに第一の場合の精神の状態に〈方向を定めて、その方向に則した現象を探ろうとする場合〉なのである。

まあ、ほとんどがそうなのだが、詩人にせよ小説家にせよ、評論あるいは評論まがいの文章で、作品について語る場合よりは、彼の書いた作品自体のほうが、評論的言説で語ろうとした〈本質的事柄〉より、数段、いや段違いに本質的であるのが当然で、吉行淳之介の〈小説〉自体が、彼自身が二つに明晰にわけてみせたものを、実は統合したものであるという一面を持っている。〈作者〉の明晰さというものは、いつも常に、思いこみ、そこから作者ただ一人だけが脱けることの出来ない思いこみに充ちているものだ。いや、そう言ってみることも無意味なことにすぎない。それは、指示する指のずれに耐えて彷徨する〈作者〉――もはや、詩人であるとか小説家であるとか、いうことが意味をなさない、書くことの実質のなかに含まれたずれという位相を書きつづける者によって書かれた〈作品〉となりつつあることなのだから。

言葉もしくは文章を詩と散文、あるいは詩と小説にわけてみることは、〈作者〉という存在が言葉もしくは文章について考える――それも言葉と文章について、とりわけ鋭敏な〈作者〉だけが、そのことを考えるらしいのだが――〈作者〉には、ごく普通のことであるらしい。作品の言葉は詩であれ小説であれ確かに〈虚構の言語〉だ。しかし、私は詩（もしくは小説）でなく小詩（もしくは詩）の言葉を選んだ、と作者は言う。そして、これこれのものが詩（もしくは小説）の言葉だ、と彼等は言う。そこには、すくなくとも、〈文体〉というもの（〈文体〉もまた言葉なのだが！）のなかに、内面性と表層性の分ち難く結びついた〈文学〉の〈本質〉を夢見るようなものよりは、数段過剰な〈言葉〉が存在している。言葉を詩と散文とにわける考え方の当否についても、ここでは述べる枚数がないし、〈文体〉ではなく、作者の語りくちから、物語（すなわち語り）にひらけて行く言葉についても、またの機会にゆずる他ない。

金井美恵子（かない・みえこ　一九四七〜）
初出　『國文學』一九七七年十一月号
底本　『書くことのはじまりにむかって』中公文庫、一九八一年

あとがき

　アンソロジーの編集は、腕に覚えがないわけではなかった。しかし、今回は難渋し閉口し、何度かギブアップしかかったが、意地になって考えているうちに分ってきたことがある。

　ここに登場していただいたのは錚々たるかたがたばかりだが、十枚ほどの短文ではほぼ例外なく、「これは、厄介な原稿を引受けてしまった」という気配がある。なかでも極端な例は中野重治氏で、書き出しはこうなっている。

『自分の文章のことで私は自分で書いたことがあったろうか。あったような気がする。ただしまとまったものは書いてない。まとまったといっても、原稿紙で十枚も書けばまとまったのうちにはいるとしてだ。そんなら、いつか先きで書くことがあるだろうか。

それはあるまい。先きのことはわからぬが、どうぞなかりたいものだ。（略）つまり自分の文章のことで書くのはこれでしまいにしたい』

ところが、私の調査に謬《あやま》りがなければ、中野重治氏は、同じ年にもう一篇十枚ほどの「私の書き方」という文章を書く羽目になっておられる。私はおもわず笑ってしまったが、中野重治氏は泣く泣く書かれたのであろう。

ほかのかたがたも五十歩百歩で、しぶしぶ書いておられるが、さすがに手抜きはしていない。苦しんで閉口した分だけ、どの短文にも光る数行が何カ所かずつあって、これは貴重である。

しかし、そういう種類の作品を羅列しても、もう一つ物足りないところが残る。そこで気付いたのは、何某著『文章読本』という刊行物のことである。これは、著者が積極的に執筆していることには間違いあるまい。だいたい、作家として『文章読本』を一冊、自分の著作目録に加えるのは悪い気分ではない筈である。

これまで、どういう『文章読本』が刊行されているか調べているうちに、丸谷才一氏のそれの第一章に行き当り（とっくに読んでいたのだが、忘れていた）、さっそくそこを部分収録させてもらった。ほかの『文章読本』も、このアンソロジーの流れの一部となる部分を探して配列した。

ところで、高見順氏の短文に「羸弱《えいじゃく》」という単語が出てきた。この言葉は私たちの年代は知っているだろうが、手近かな辞書には「広辞苑」（第三版）をはじめどれにも「羸」という文字自体が出ていない。「大字典」にようやく「羸」の項があったが、「羸弱」というのはなかった。私はこれを「よわよわしい」と記憶していて、高見順氏の文章もそれで文意がとおる。しかし、「羸」は「余分の利得」という意味とは知らなかった。私は、「とっても弱々しい」とマイナスの強調とおもっていたが、「何倍も弱々しい」という形の強調であった。

もっとも、こういう記憶自体が、私の謬りかもしれない。しかし、手近かな辞書に出ていない単語の入った文章は、やはり収録をためらったのである。

吉行淳之介

巻末付録

『文章読本』についての閑談

丸谷才一
吉行淳之介

さまざまな事情

吉行　『文章読本』というのは、僕は読んだことがなかったんですよ。四年ほど前に、谷崎潤一郎著『文章読本』の文庫本の解説を頼まれて読んだのが最初で、こんど丸谷才一のを読んだわけ。丸谷さんは、いつ読みましたか。

丸谷　僕は、谷崎潤一郎は出たばかりのころ、うんと子供の時分ですね。幼少のみぎり……。（笑）

吉行　かえって、幼少のときには、読むでしょうね。あらかじめ、いろいろ考えないから。

丸谷　よくわからなかったね。出たのが昭和九年ですから、それからちょっとあと、小学四年生か五年生じゃないかと思う。どこかから、姉が借りて来た。わからないの当り前ですよね。

そうそう、それから子供の本で、里見弴が『文章の話』というのを書いていて、これは『文章読本』よりもあと、小学校の五年か六年のときに読んだ記憶があります。

吉行　それは一種の芸談ですか。

丸谷　まあ、そうでしょう。何かを形容する場合うまく言えない、そのとき、「うーん、どうも、うまく言えないな。どう言ったらいいんだろう、ここまで出かかっているんだが……」なんて言いわけする人がいるが、ああいう口のきき方は恥ずかしい、ずばりと言うべきである、それができないなら何も言わないほうがよい、なんてことが書いてあった。芸談と人間論が入り混じったようなものです。

吉行　里見さんは、女性に関してはどういう接し方だったんだろう。言いたいことをどんどん言った人かな。

丸谷　どうかしら。率直な人なんじゃないかしら。

吉行　率直に言えばいいってものでもないけどね。

丸谷　うーん……。

吉行　いや、それはどうでもいいんだが（笑）……僕はなぜ『文章読本』を読まなかったかというと、一冊読んだからといって、文章がうまくなるものじゃない、という感じがある。それに、幼少のころは「少年倶楽部」の愛読者だからね。あなたと違って、小学校のとき『文章読本』なんか読むわけがない。戦争が終って、ややプロをめざし始めた頃、その類の本が目に入ってきた。が、まあ、放っておいてもらいたいという感じがあるでしょう。
丸谷 それはそうですよ。
吉行 だから僕は、川端康成、三島由紀夫、中村真一郎諸氏の『文章読本』も知らないわけです。
丸谷 ただ、ことしの春頃、ある雑誌の編集者の思い出話で、川端さんに『文章読本』を頼んだが、何年も経って出来てきたのが『末期の眼』だったという話がある。
吉行 それはたしか『小説作法』を注文したのに、という話でしょう。
丸谷 あ、そうか。勘違いしていたな。
吉行 川端康成の『文章読本』のほうには説が二つあって、一つはA氏の代作であるという説。もう一つはB氏の代作であるという説。『現代の小説』だったか、『小説の研究』だったか、とにかくその手の本は、本当にB氏らしいんだが、『文章読本』には、説が二つあるんですよ。僕は違うと思う。自分で書いたと思うんです。もし代作なら、あれだけとりとめないこと書けないですよ。
吉行 なるほど、一理ある。代作というからには、代作者は、頑張る筈だものね。
丸谷 つい中身のあることを書いてしまう。

（追記。その後、川端康成の『文章読本』は門弟某氏の代作であるという、当時の編集者の証言を得た。）

吉行　ただ、『小説作法』を頼まれて、『末期の眼』になってしまうという感じはよくわかるね。

丸谷　あれは、川端康成風の小説の書き方としては、かなりうまく出来ている説明じゃないですか。

吉行　小説作法というより、小説論みたいなものですね。小説とはどういう人間が書くべきかとか、どんな状態で書くべきかとか、そんなものでしょう。

丸谷　小説一般について包括的に語ってるわけじゃないけど、あの種の、つまり川端康成風の小説は、確かにああいうふうにして書くんでしょうね。

吉行　三島さんとか、他の人は、どんなことを書いているの？　やはりとりとめないわけ？

丸谷　三島由紀夫のは記憶に残らない。（笑）

吉行　つまり、本当のアマチュア相手なわけか。

丸谷　そうですすらないいんじゃないかなあ。

吉行　中村真一郎のものは前半において注目すべき部分がある、と書いてあるのは……？

丸谷　つまり、日本の口語文というものがどんなふうにして成立したかということを、なかなか着実に考えているんです。これは非常にいいですよ。何しろ中村さんは、教養があるし、批評技術があるし……。ところが後半は、病気になってから書いた。だから、後半はガクンと弱いんでね。

吉行　谷崎潤一郎がその仕事を引き受けたのは何だろう。義理かしら。

丸谷　そうじゃなくて、やはり、お金に困っていたんでしょう。

吉行　そ、そうか。

丸谷　あの頃、谷崎の助手をやっていた高木治江さんの『谷崎家の思い出』を読むとわかるけど、本当に金がないのね。そんなひどい状態で、しかもたいへんなお金持ちの奥さんと恋愛してるわけでしょう。とすれば、絶対に金が要りますよ。書かせたのは中央公論の嶋中雄作だということになってるけど、その前に、谷崎の金策の申し込みが猛烈だから、嶋中雄作としてはそれに応じてアイディアを出さなければならない。そこで出てきたのが『文章読本』というプランだったと思います。そんな事情だから、谷崎としては、実用書を書いてくれともちかけられても、書かざるを得ない。断るわけにゆかない。そこで彼は実用の文章について考える羽目になったんですね。しかし、実用の文章についてだけ書く気はない。そこで出てくるのが、文章の芸術性と実用性とは区別がない、という考え方が一つ。もう一つは、谷崎はあの頃、虚飾を排した。スタスタ歩く散文にかなり魅力を感じていたという面があるんじゃないでしょうか。鏡花の小説みたいな、あるいは漱石の『虞美人草』みたいな、絢爛豪華なやつではなくて……。

吉行　初期の悪魔主義の文章ね、あれはスタスタ歩いてないでしょう。

丸谷　うーん、歩いているところもあるし、歩かないで踊っているところもある。

吉行　やはり、修飾が多い文章と言われても、しようがないんじゃないの。昭和九年と言ったら、何を書いている頃だろう……。『蘆刈』が昭和七年で、『陰翳礼讃』『春琴抄』が八年か。なるほど、そういう時期になるわけで、さかんに「含蓄」ということを、言っている。

丸谷　そう。

吉行　自戒を含めてるんだな。

丸谷　それは非常にあるでしょうね。装飾たくさんのゴテゴテした文章も困るけど、ただスタスタ歩くだけの愛想のない態度も魅力がない。そこで「含蓄」……というわけかな。

吉行　専門家向けの文章を書いたら、売れ行き悪いだろうから、アマチュアでもこれを読めばうまくなる、というものを……。

丸谷　注文された。

吉行　やや、その板ばさみになっているところがあるね。

丸谷　あります。でもね、その板ばさみを利用して文章の問題をじっくり考えよう、という姿勢もずいぶんあると思うんです。そこのところが、注文されて書くという条件をうまく使っているわけで、やはり、偉いよね。

握り箸と酢豚

吉行　谷崎が最後のほうで言ってるね。「もし皆さんが感覚の錬磨を怠らなければ、教はらずとも次第に会得されるやうになる、それを私は望むのであります」

これは、感覚の錬磨を怠らなければ、ここに書いてあることはおのずから身に備わるようになるものである、というふうに解釈していいんだろうね。

丸谷　感覚の錬磨を怠らなければ、文章の極意はみんなわかる。

吉行　つまり、自分がこの本に書いたことはすべておのずからわかる。

その前に、何だかんだ言っても、主観というのが大きく作用する、ということも言っていますよ。たとえば丸谷さんの本に出てくるように、何が名文かという判断も、主観によって大きく違ってくるのであります、というのと同じですね。そこでだ、谷崎も丸谷才一も、石をもう一つ置けば、話が風通し良くなったと思われることがあって、たとえば、僕はこういう経験があるんですよ。

人間の食いものに対する感覚というのは、主観的でしょう。主観的ではあるけれど、五人くらいで中国料理を食べに行って、その日の出来がいいと料理が残らないで皿がきれいになる。出来が悪いと必ず残る。と、人間の舌は主観的なものだけど、やっぱり、うまいものはうまいと思うし、まずいものはまずいと思うのでありますと、こう言いたくなるでしょう。ところがそうでないこともありまして、十数年前にわれわれがしょっちゅう行ってた銀座のあるバーがある。あの頃は、店が終ってから、よく女の子たちを連れてめしを食いに行ったでしょう。

丸谷　あの頃はみんな元気だったからねえ。

吉行　うん。もうあかんなあ（笑）。で、そこの女の子たちと四、五人で中国料理店へ行ったら、一人の女がどの料理にも手を出さないんだ。どうしてか、聞いてみると、自分は「酢豚」じゃなければいやだって言い出した。

丸谷　ほう。

吉行　そこで、自分の好みをはっきり主張するのはいいことだって褒めて、あたらしく注文した酢豚の皿をその女の子の前に置いたら、これが、二本の箸を握り箸にして食いはじめたんだよ。

丸谷　ははあ。

吉行　つまり、谷崎潤一郎並びに丸谷才一両氏は、「私のこの本を読む気が自発的に起こる範囲の人たちは」という但し書きをちょっと入れると、話がうんと楽になったと思うんだ。

丸谷　……(笑)。それはしかし、二人とも言外に入れてるんじゃない？

吉行　だろうねえ。

丸谷　それはやはり、思ってますよ。谷崎読本は、読者を選択しないように、門戸開放主義で書いてますね。あの「あります」調なんかは、そういうことのしるしでしょう。僕のほうは、わりに読者を選択する調子で書いてある。ごく普通の文芸評論の調子で行っている。でも見てくれはそういう具合に違うけれど、基本的な態度は、ほとんど同じだと思うな。

吉行　じゃあ、いま言ったのは、もう自明の理である、と……。

丸谷　ええ、自明の理。やはりそうでしょうね。だって、考えてもごらんなさいよ。あの頃の日本で、谷崎潤一郎はものすごく偉かったけど、彼の名前を知っている人なんて、本当に僅かだったでしょう。しかも、知ってる人の大部分は、奥さんを交換した人か、といったような、そんな意味でしょう。

吉行　だから、買ってくれる人にとっては、僕の言った前提は自明のこととして、わかっている。

丸谷　ええ。

吉行　それは発行部数が、二、三千までの場合ですよ。多くなってくると、とんでもない理解をする読者も出てくる。やはり、銀座のホステスにはおのずから大体ある幅があるのでね。同じトーンだ、と思っていても、酢豚しか食わないのがげんにいるんだから。やっぱり、ちょっと言っておいたほうが……。

丸谷　そこまで心配したら、きりがないなあ（笑）。あなたは、ほら、風俗に対する関心度が強いから。

吉行　風俗かね、それは。

丸谷　ある程度の規範として、あるいは暗黙の常識として、存在しているものが踏みにじられる光景を、非常に好むでしょう。

吉行　それはある。

丸谷　それを、わりに過大評価する傾向があると思うんですよ。

吉行　なるほど。

丸谷　そういう光景に立ち会ったら、僕は、自分も愉しむわけです。愉しむけれども、そのときに、これは一定の規範があるから愉しんでいるんだ、一定の趣味ってものがあるから、こういうのに出会ったときに驚くんだ、というふうに、なるべく考えるようにしたい。

だから、中国料理屋へ行って酢豚を握り箸で食べるホステスに、吉行さんがびっくりしたとすれば、それは、きちんとした中国料理の食べ方を知っているホステスと、あまりにも多くつき合ったからだよね。

吉行　僕はまた、その握り箸にも共感があるわけね。

丸谷　面白いわけでしょ。

吉行　うん。

丸谷　面白がるっていうのは、やはり、規範意識があるからじゃないの。

吉行　面白いだけじゃなくて、共感という意味もある。

丸谷　共感……恐怖感？（笑）

吉行　愛情みたいなもの。
丸谷　それもわかるんだけど、その共感は、かなり恐怖感と近いところがある。
吉行　そうねえ、いろんな背後関係なんかも考えられるからね。
丸谷　かなり怖いよ。
吉行　それは怖い。背後に何もなくても、もし昵懇《じっこん》になった日には、かなり恐怖だな。
丸谷　『文章読本』の話が、これだけ女の話になるというのも不思議だなあ。（笑）

プロとアマの区別

吉行　では話題を変えて、谷崎潤一郎の場合、一般人に対して書いているわけ？
丸谷　そう。だって、嶋中雄作が出したプランだから。
吉行　文章のアマチュアとプロってあるかね。
丸谷　それはあるでしょう。プロフェッショナルとアマチュアと区別するのは、それによって金を稼ぐかどうかで、いちばん違うわけだから。
吉行　あ、そうか、明快だな。ただ、僕が言いたいのは、音楽のプロフェッショナルとアマチュアとあるわけね。これも、いまあなたの言うように、音楽によって金稼いでいるのと、そうでないのっていうのも、もちろんあるだろうけど、ちょっと違うでしょう。
丸谷　音楽教師っていうのがあるからね。
吉行　いや、教師というより、音の組合わせっていうことと、言葉の組合わせっていうことと は、何か少し違うような気がするんだよ。「音楽読本」とか「絵画読本」というのはあるかしら？
丸谷　ないな。まだないでしょうね。
吉行　谷崎の言う文章の場合とは違って、音楽には、芸術的な音楽と実用的な音楽と区別があるでしょう。
丸谷　実用的な音楽というのは矛盾概念じゃない？　体操の伴奏音楽とか……。
吉行　戦意昂揚音楽とか……。
丸谷　そういうのは、音楽として格の低いものでしょう。
吉行　戦意昂揚音楽が、現在パチンコ屋の伴奏音楽になっている。客に玉を早く打たすための、実用だよね。
丸谷　しかし、実用的な文章、たとえば手紙なんかは、文章として格が低いと言ったら、かえっておかしいよね。それはそれとしてあるんだから。文章について語るのは、このへんのところからややこしくなるんですね。

吉行　で、丸谷さんの本の中に、素人、アマチュアって言葉は出てくる？

丸谷　出てくるとしたら、芥川さんのところじゃないかな。「芥川比呂志の玄人はだしの藝なのである」というのがありますね。ここでは確かに、いちおう素人、玄人の概念を使っているけれど……。

吉行　結局さっきから僕がなにを言いたいかといえば、言葉というものは日常に使っているものなので、その組合わせであるところの文学作品もなにか安直に書けるし、批評もできるという錯覚が起りかねない。そういうものではないと知っての上でこの本を読んでほしい、ということは、やはり露骨なくらいに書いておいたほうがいい、とおもう。

「ヒマができたから、小説でも書いてみるか」という人が、案外多いですよ。突拍子もない人が、ある日思いたってこの本を買って、勉強し始められたらどうするの。

丸谷　それは困るねえ。でも、そういうことはまずないでしょう。

吉行　わからないぜ、それは。

丸谷　ハハハ。それで、僕はかなり意識的に文筆業者でない人の文章を引いたわけですけど。

吉行　つまり、それはしかるべき人のね。

丸谷　そう。玄人はだしの人の。ああいうのお読みになって、どんなふうに感じました？

吉行　僕は昔から、しかるべき人はしかるべき文章を書くと思っているんですよ。あれは不思議だねえ。

そこがまた、話し出すと厄介になるんだけど、谷崎は、文体という問題を逃げてるでしょう。あの時代は、文体というものは、口語体とか、文語体とか、兵語体とか、あの程度ですんでよかったのかしらね。こんど「文体」という雑誌が出て、初めて文体というものを考えて字引きを引いたりしてみると、「スタイル」という言葉の意味には、一義、二義、三義といろいろあるじゃないですか。それを谷崎さんは一義だけですましてるわけね。そこは、あまり衝くと、プロの講義になり過ぎるという意識が、谷崎にあったのかね。

丸谷　そのへんは、かなりあったと思うけど。

吉行　そこへ深入りしたら……。

丸谷　とにかく、実用書をなるべく書くようにしたいと思って始めて、でも、ついつい実用書でなくなる。そこがあの本の面白いところだね。

吉行　そう。文体に深入りしたら、自分でもわからなくなりかねないからね。

丸谷　それに、非常に書きづらい。うまく言えないんですけれども、つまり、批評というものを書くためには、かなり手練手管の練習が要るものですね。

吉行　それはそうでしょう。

丸谷　文章がうんと上手であっても、批評の手練手管というのは、ちょっと別ものですね。ま、よほど身を入れて、元手がかかっているものに対しては、手練手管がなくても書ける。谷崎の『陰翳礼讃』なんかは元手がかかっているから、あれだけ素晴しいものができるわけです。

吉行　それから、読者対象をあまり意識しないですんでいるから。

丸谷　そう。でも、『文章読本』となると、主題といい読者対象といい、いろんな点でむずかしかったと思いますね。そこを切り抜けるだけの批評技術は、谷崎は持ってなかったと思う。

吉行　そういうことはあまり得手じゃない人だね。

丸谷　練習しなかったせいもあるけど、一体に、その種の才能は恵まれてなかった。佐藤春夫なんか、非常に恵まれてたんじゃないか。

吉行　佐藤春夫には『文章読本』はあったかしら。

丸谷　ないんです。ただ、『「文章読本」を読む』というのがあって、これは面白いですよ。いろんなふうにからんでいる。

吉行　ハハハ。それは読むの忘れたなあ。ぜひ読んでくるべきだった。

丸谷　そうでしたね。（笑）

（追記。参考のためちょっと引用しよう。

「甚だ面白い潤一郎芸談には相違ないが、『なるべく多くの人々に読ませる』目的に適ふ通俗を旨とした『われわれ日本人が日本語の文章を書く心得を述べた』読本としては成功せず寧ろその反対に専門の学者や老人が見てはじめて面白い『文章道随筆』であり『潤一郎芸談』であり、更に親交ある友人が見て面白い『潤一郎研究資料』でもある。最後のものとして一等成功して居り、著者が書かんとしたものとしては一等不成功であるやうに僕には思へる。」

なかなかてきびしくやっているのである。）

現代日本語の成立

吉行　さて、丸谷さんのこの本で、納得できなかったところを言いましょう。一つは、「文語体を勉強することによつて文章が良くなつてくる」。もう一つは、「外国語をどれか一つ学ぶべし」、これは注釈がついていて、「キザを承知で言へば」と。しかし、これは昭和初期までのことではないのですかね。

と言うのは、あの時代には、文語体とか欧文脈の消化がまだ十分できてなくて、みんな大変苦労した。そのあといろんな人が、日本の古典とか欧文とか勉強をして、口語の文章を作っていってくれたわけですよね。げんにそういうお手本になるようなものがいっぱいある。それですませちゃいけないのですか、昭和五十年代においては。

丸谷　しかしあれは、僕の体験がこもってるのでね。僕個人の体験じゃ狭すぎるのなら、こういうのはどうでしょう。

池田満寿夫のものを読んだときに、あのひとは、英語を読めないと言ってるけど、やはり、英語と何らかの形でつき合わされちゃった人だろうと思った。そのことが池田満寿夫の文才を磨いていると思うんですね。

吉行　英語かな、それは。ああいう場所で暮してる生活感覚じゃないかしらね。

丸谷　もちろん、それは非常に大きいでしょう。でも、やはり英語の文章といろんな意味でヘンにつき合わされていると思うんです。英語というものを日本語の横に置いたから、日本語がよくわかってきた。見えてきた。

たとえば、志賀直哉などは、日本の古典とか、漢文とか、特に読まなかった人でしょうよ。でも、明治時代の教育のせいで、不本意ながら、そういうものに接したということがあると思う。その経験がモノを言ってるでしょうね。伝統というものがわれわれに向って押し寄せてきて、われわれの表現能力をきちんとさせるというのは、直接的じゃなくて、思いがけないところで妙な具合に迫ってくるものだから。

吉行　ただ、明治初年から大正期までは、英語を読む能力は、新時代としての必需的な感じで非常に高かったろうし、日本の古典文学だって、もっと身近にあったんじゃないの。

丸谷　それはそうでしょうね。

吉行　いまや、そこをさんざん苦労して現代日本語に消化した名文があるじゃないですか。それを読めばいいという意見はどうでしょう。

丸谷　手っ取り早い方法としてはそうかもしれないけど、さらに元に戻ったら、もう一つ手っ取り早い。

吉行　本格的だよな。手っ取り早くないよ、大変だもの。

丸谷　つまり、石川淳を読んで勉強するよりは、蜀山人を読むほうが早いと、僕は思うんだなあ。

吉行　勉強ということになれば、手っ取り早いかもしれないけど、ちょっとゴロ寝しては読めないよ。字引きを横に置いて机に向かわなきゃ。石川淳も、いまの人にはかなりつらいだろうけど、僕が高校生の頃は、普通に読めたよね。

丸谷　そうそう。

吉行　それよりちょっと厄介になると、もうダメで、勉強という感じになってくる。でも、その見解を除外すると、この『文章読本』は、厚さが三分の二になってしまう。

丸谷　そうです。

吉行　定価も三分の二になって、印税も三分の二になる（笑）。それにしても、「ちょっと気取つて書け」のところで出てくる永井荷風の『日和下駄』ね、あれでも坐り直して机の上にきちんと置いて読まなきゃ、もう普通には読めないよ。

丸谷　そうかな？　そうかもしれませんね。

「気取り」と名文

吉行　で、あの「気取つて書け」、についてだが、好評を博してるようですけど、もうひとヒネリの言い方が必要だったんじゃないかと思うんだ。永井荷風の『日和下駄』も気取ってるし、尾崎一雄の『虫のいろいろ』もそうだ、気取らないことを気取ってる、という意見に異議はないけど。ボードレールの有名な言葉に「すべての人間はポーズする」というのがありますね。尾崎一雄さんは尾崎一雄流に気取らずに書くということに、エネルギーを使ってると思うんですよ。永井荷風は永井荷風の持ち味に即して、エネル

ギーを使って書いている。そのへんで、何か、もう少し違う言い方がなかったものかと……。俗耳には入りにくいけどね。(笑)

丸谷 所詮、あのあたりのことになると、非常にむずかしいですね。むずかしい言葉は使うなとか、文章は短く書けとか、そういう種類の文章心得は、書いていてやさしいわけですよ。ところが、文章論のいちばん基本のところを言おうとすると、ずいぶん厄介だし、これを誤解されたら、一体、世の中にどんなひどい文章が氾濫するか、という戦慄はあるわけです。でもね、まあ、僕の書いたことによって、一人いい文章を書く人がふえれば、百人ひどい文章を書く人間がふえたっていいじゃないか。

吉行 なにか、政治家の答弁みたいだなあ(笑)。しかし、両方の例を出しているから、別に誤解の惧《おそ》れはない……、混乱はあるだろうけど。

たとえば、「青葉若葉の候になりました……」式の手紙がくると、うんざりするでしょう。これは、そのひとが気取っているわけですよ。その気取り方の具合を、もうちょっと書いてもらいたいね。

丸谷 要するに趣味の問題なんですよね。趣味のよい気取り方ならば、いいわけ。

吉行 気取らない気取りっていうのが大変むずかしいのね。

丸谷 そう。あれだって趣味のよいものだからいいんで。

吉行　趣味の悪い気取らない気取り方もあるな。

丸谷　これはえらく具合の悪いものですよ。

吉行　スノッブなんだな。

丸谷　たとえば、バンカラ趣味。

吉行　それもあるし、もっと手がこんでいるのがあるよ。たとえば、「私はブドウ酒の銘柄なんか何も知らないんですよ」という気取り方もある。これ、ちょっと間違うと、いやらしくなる。そのへんがむずかしいんだなあ。

丸谷　そんなむずかしいことを、とても書けるものじゃない。

吉行　『文章読本』の範囲ではない、か。

丸谷　そう。

吉行　すると、これはどうなんだろう。名文を読まなくちゃいかん、ただし、自分が名文と思うものを読めば、それでいい、と。これは、そうすると、自分がいい女であると思うのを自分の女房にしろとか、情婦にしろっていうのと同じですよ。もう、とりとめなくなっちゃう。

丸谷　でも、そういうとりとめのないものなんじゃないかしら。いいと思ったものに打ち込むのでなければダメですよ。僕が某々先生の文章を読んで、ちっとも名文だとは思わない、しかし世間では名文だと言っている。そのとき、自分では決していいと思わない、世評だけのいわゆる名文から学ぼうと思ったところで意味がない。惚れるから打ち込めるのでね。

吉行 つまり、百人のひどい文章が出ても、一人よくなれば……。

丸谷 そうそう。

吉行 ずるいなあ(笑)。そう言われちゃあ、どうしようもない。要するに、そのときのその人間の器量しかないんだから、諦めろってことだね。蟹は甲羅に似せて穴を掘るわけか。

丸谷 自分が、名文だとそのとき思った。それを熟読玩味して真似ようと努力する。そのうちに文章を見る目が上がるんじゃありませんか。

吉行 たとえば『虞美人草』を名文だと思う場合があるとしますね。何度も熟読玩味するうちに、これは名文でないと思い始める。

丸谷 そういうものだと思いますよ。で、これは『坊っちゃん』のほうが名文だ、と思うようになったら、それは腕が上がったんだ。

吉行 一たん結婚したら、なかなか籍が抜けませんよ(笑)。それはともかく、プロ向きの本じゃないという建て前になっているんなら、そこまで書くべきじゃないかな。書くと、まずいですか。

丸谷　いや、まずくはないでしょうが、書いているゆとりがなかったんですね。

吉行　ほんとかね。

丸谷　ハハハ。

吉行　しかし、そういう、あとでゴタゴタ言われそうなところを、あらかじめ巧みに封じていくという書き方の快感というのは、あったんじゃないのか？

丸谷　ずいぶんタチの悪い褒め方をするねえ(笑)。しかし、あまり話を限定する必要もないと思うんですね。行間によって、おのずからわかるものでしょう。

吉行　でも、繰り返し読んでいるうちに、それが名文でないと思い始めて進歩するというのは、やはりはっきり書いてあげるべきものだね。

丸谷　そうかなあ。それは当り前のことじゃないですか。

吉行　われわれにとっては当り前でもね。名文に取り付いたら、どうも名文と思えなくなってきました、丸谷先生どうしたらいいでしょうと、そういう読者はかなりいると思うよ。

　佐藤愛子さんによると、川上宗薫は最初は駅前のたこ焼みたいな女がおいしかったのが、だんだん口が奢って何だかんだ言い出した……それを、佐藤さんは怒るわけね。

丸谷　それはたいへんな進歩じゃないの。

吉行　そういうこともある。だから、いまこの本の読者が名文だと思っているのはやがて乗り越えるものかもしれない、ということをちょっと二、三行書いてあげるべきだったと思うな。

丸谷　じゃあ、この対談を将来は付録にしてつける……。（笑）

吉行　なんだか誤魔化されているみたいだけど、あと二つほど問題にしたい。（笑）

丸谷　ごまかしてるんじゃないけど、でも、佐藤さんは、それは憤慨するほうが間違ってると思うね。

吉行　いや、憤慨の調子で書いているけど、からかっているんですよ。

丸谷　そうか。努力に対する賞讃とも言えるわけね。

吉行　その進歩。それはそうだ。さっきの「気取り」の問題だけど、チェホフの『手紙』で、思春期の少年の気取りについて書いている短い文章がある。

丸谷　それは知らないな。

吉行　三十数年前に読んで深く印象に残っているんだけれども、五体健全なのに、わざと片足を引擦って歩く少年……。

丸谷　あ、あったあった。

吉行　あれ、思春期の少年のちょっとアンバランスな美に対する気取りをよく把《つか》んでいるよね。ああいうものが、だんだん進歩してくると思うんだ。気取りも少しずつ進歩するというのも、書いてほしかったね。

丸谷　一冊、本を書くというのは、案外大ざっぱな話を書いているものなんでしてね。書き落したことがいっぱいありますよ、それは。

吉行　あとでこっちが気付くことだな。まあ、それはそうだ。

丸谷　つまり、『文章読本』に「気取り」というような概念を入れるだけで精一杯だったわけね。気取りなんてものは、『文章読本』とはまったく異質のものだと、いままでは考えられていたんじゃないか。むしろ逆に、文章は気取ってはいけないものだ、という迷信がひどく横行していた。そんな状況に対しての僕の一石を投じる、一種のデモンストレーションみたいなものでしてね。

吉行　文章は気取っちゃいけない、という言い方があるんですか。

丸谷　あるでしょう。思ったとおりを書け、とか。

吉行　でも僕は、ボードレールの「あらゆる人間はポーズする」というのが深く残っているからね。

丸谷　それは吉行さん、明治維新以後の日本では、あなたは特殊な、例外的な人物なん

だ。（笑）

吉行　何か怪しいねえ、その言い方は。

丸谷　吉行さんはそこのところが、よくわかってないから、話がいろいろおかしくなる。本当ですよ。

吉行　ま、そこはそれとして、いちばんの眼目を言いましょう。

丸谷　前宣伝が長いなあ。（笑）

「文法」は「英文法」か

吉行　谷崎潤一郎の言う「文法」とは「英文法」のことだ、というのはじつにうまい言い方でありますけれども、谷崎のその言葉の前の部分を全部省略してるわけね。その言葉だけを取り上げてる。いまの国文法はいつ出来たんだろう。明治以後か……。

丸谷　明治半ばぐらいじゃあないかな。

吉行　谷崎の『文章読本』は、『陰翳礼讃』に通ずる一連のものだね。

丸谷　そう。

吉行　日本語並びに日本の文化における含蓄の良さを言ってるわけね。

丸谷　もやもやした感じ、それがいいと……。

吉行　そうそう。谷崎は、明治以来日本人は、西欧文化が入ってきて主語とか述語をはっきりさせなくちゃいけない癖が出てきて、そういう形で国文法が固まってきている、という。あまりそれにこだわると、日本の美点である含蓄が失われるから、明治以来できた文法にはこだわるな、と。

丸谷　ええ。

吉行　それは決して、丸谷さんの言うことと矛盾してはいない。つまり、明治以来の人が、欧文脈を意識して主語、述語をはっきりさせてきた。これは大ざっぱには英文法と言ってもいいわけだけど、本当は欧文脈なんだね。フランス語だっていい。

丸谷　そう。

吉行　そこを、「英文法」とオドカスんだな、きみは。

丸谷　ハハハ。

吉行　もっとも、『文章読本』というのは、驚かすべきものでね（笑）。フランス語でエトンネ（étonner）という言葉があるでしょう。「驚かす」ということで、それが一種のレクリエーションみたいになる。驚かすっていうのは、ひとの心をフレッシュアップするということだからね、いい意味なんだ。

丸谷さんは突然「英文法」であると言って、で、わざわざ全部言い変えたりして、そうすると意味がよく通じると……。言ってることは間違いじゃないんだよ。だけど、前を一ページほど取っちゃって、いきなり「英文法」……。これはコツですかな。『文章読本』における文章術ね、一つ驚かすこと。

丸谷 それは批評の方法なんですよ。いろいろな手口を使う……。「英文法」と言ったのは、僕がよく知っているのは英文法だけだから……。

吉行 エトンネなんだ。

丸谷 谷崎も、よく知っているのは英文法だったでしょう。

吉行 でも、丸谷さんは、谷崎は半意識でその文章を書いている。だから、「英文法」と書くところを「文法」にしてしまった、と書いてるでしょう。僕は、そうじゃないと思うんだな。やはり、谷崎はちゃんと意識して含蓄、含蓄と言ってる。明治以後の日本語が主語、述語にこだわりすぎて、外交文書としても通用するような日本語にしすぎている、それを少し捨てろ、と。

丸谷 つまり、文章における浅薄な近代主義というものがあって、それじゃあどうもダメなんだ、ということに彼は気がついた。そのときに、谷崎は、言説においては近代を捨てたけれども、実際面では、西洋近代が教えたものを決して捨ててないと思うんです。

その二面作戦をやるに当っては、やはり、いままでの自分の間違いを正すほうでは言葉がきつくなっていると思う。

吉行　そういう言い方をすれば、谷崎は英語だからね。それは筋が通っているわけだ。

丸谷　たとえば、

「日本語の文法と云ふものは、動詞助動詞の活用とか、仮名遣ひとか、係り結びとかの規則を除いたら、その大部分が西洋の模倣でありまして、習つても実際には役に立たないものか、習はずとも自然に覚えられるものか、孰方《いづれ》かであります」

というのがあるんですね。

でも、文法というのはもともと、どの国語だって、その国民にとっては習っても実際には役に立たないもの、習わずとも自然に覚えられるもの、なんですよ。何も日本語の文法だけがそうなんじゃない。

吉行　しかし、そのあとに、

「今日学校で教へてゐる国文法と云ふものは、つまり双方の便宜上、非科学的な国語の構造を出来るだけ科学的に、西洋流に偽装しまして、強ひて『かうでなければならぬ』と云ふ法則を作ったのであると、さう申しても先づ差支へなからうかと思ひます」

　というふうことなんだよね。

丸谷　そうそう。これは本当に谷崎の言うとおりですよ。
吉行　かなり意識して、明治以降に出来た国文法を否定しているわけよね。
丸谷　しかし、まず一国の文章があって、その中から学者が作り上げてきた学者文法とでもいうものがあるとする。次に、学者がまだ取り出してはいないけれど、その文章の世界全体の中に、ちゃんと一貫している法則、規則がある。それは、まだ文法学者たちが未熟であって、取り出せないため、やむを得ず潜んでいる、しかし、きちんとした文章の法則だね。文法というのは、そのふた通りあると思うんです。後者の例としては、日本語の主格の助詞、ハとガの使いわけなんか、いい例じゃないでしょうか。これは近頃、大分わかってきたみたいだけど。
　ところが谷崎潤一郎の言っている文法というのは、どっちのことなのか、あんまりはっきりしないんですね。いっそ英文法だというふうに考えると、すっきり呑込める。

落語調の「読本」

吉行　最後にひとこと言っておきたいことがあるんだ。丸谷さんの本の中には僕の文章も大幅に引用されてて、「大波小波」によれば、大岡昇平と石川淳と僕は、印税を請求してもいいというんだけど、まあ、計算してみるとタカが知れているんでやめた。

丸谷　……。（笑）

吉行　ま、それはいいとして、こんなふうに論理的に、知性的に組み立ててあって、しかも老獪に書かれては、もう『文章読本』はしばらく出る余地がない。しかし出来栄えについて考えずにやるなら、どの小説家も一つずつの『文章読本』を書くことはできるんですよ。つまり、最初に、自分の好みなり、生き方に即する素材を全部揃えて、それからこれをどう料理するか、ということから始まったものでしょう、この本は。

丸谷　そうそう。最初に例文がある。

吉行　例文を、自分に引き寄せてきているところがある。その意味で、丸谷才一を語っている本だよね。そういう角度からの褒め方は、まだ出てないでしょう。

丸谷　ええ。

吉行　それを最後に盛大に褒めておこうじゃない。引用された僕の文章（『戦中少数派の発言』）だって、三十一、二歳の文章だから、ちょっと照れ臭いところがあるんだけれども、これは丸谷才一の『笹まくら』に通じるものとして、ここに選ばれているんだと思えば、慰めがつく。

丸谷　吉行さんの文章はもちろんそうだけど、大内兵衛氏の『法律学について』だって、林達夫氏の『「旅順陥落」』だって、『笹まくら』に関係のあるものですよね。名文だと思うのは、やはり内容抜きの判断というわけにはゆかない。

吉行　でも、ある意味じゃ、われながらずいぶんきちんと論理的に書いていると思うね。

丸谷　みんながあの文章を読むと、あなたについてのイメージが違ってくるんじゃないかと思うね。

吉行　アハハハ。

丸谷　普通の人は、ああいう吉行淳之介は知らないわけですよ。軽薄対談なんかで考えている読者が非常に多いだろうし、ところが、あれはあなたの一番まともな部分……と言うと、悪いか（笑）、一番本式なところだな。

吉行　つまり、論理的な頭の動かし方もできるっていうところもある。

丸谷　そうそう。でも、どうしてあれだけうまく書けたんだろうね。

吉行　やはり、元手がかかってるっていうことでしょうね。

丸谷　つまり、どうしても書かなきゃならないと思って書いた文章だということだと思う。ヘンな言い方だけど、なりふり構わず、生真面目に書いているわけね。こういうことと書くと、どうもあまり粋じゃないようだな、という配慮は、最初あったはずでしょう。

でも、どうしても書かなきゃならないと思う。そのとき、じゃあどんなふうに書くかと考えると、いっそうエネルギーが出てくる。

吉行　やっぱり、あれは言わなきゃおさまらないことなんだよね。まあそれで、『文章読本』が売れれば売れるほど、僕に対するいい認識が出てくる、と……。（笑）

丸谷　そうだ。僕も質問が一つあるんだ。ご自分で『文章読本』を書こうと思ったことはありませんか？

吉行　じつは、ある時、夜半の寝醒めに、おれが書くとすればというので、すばらしいアイディアが浮んだことがあったんですよ。結局は断ったのだけど、丸谷さんのものが出ない前に、注文されたことがあったものでね。一席一席読み切りの落語調の『文章読本』なんだが、一応道中があって、落ちがある、という……。もうちょっと具体的に言わないと困るのだけど、いまとなると全く思い出せない。これも、丸谷才一の『文章読本』の力のせいでしょうか？（笑）

初出　『文學界』一九七八年一月号
底本　『恋文から論文まで』丸谷才一編、福武書店、一九八七年

『文章読本』吉行淳之介選、日本ペンクラブ編
福武文庫　一九八八年一月刊
ランダムハウス講談社文庫　二〇〇七年六月刊

編集付記

一、本書は福武文庫版『文章読本』（一九八八年一月）に、新たに「『文章読本』についての閑談」を付したものである。

一、中公文庫へ再録するにあたり、各篇の底本を、原則として個人全集もしくは最新の版に改めた。ただし、旧版の底本が中公文庫の場合、それに拠った。

一、再録にあたって、旧字は新字に、旧かな遣いは新かな遣いに改めた。ただし引用箇所および丸谷才一「小説家と日本語」については、かな遣いを底本のままとした。底本中、明らかな誤植と考えられる箇所は訂正し、難読と思われる語には新たにルビを付した。

一、本文中、今日の人権意識に照らして不適切な語句や表現が見られるが、著者が故人であること、執筆当時の時代背景と作品の文化的価値に鑑みて、そのままの表現とした。

中公文庫

文章読本《ぶんしょうどくほん》

2020年11月25日　初版発行

選　者　吉行淳之介《よしゆきじゅんのすけ》

編　者　日本《にほん》ペンクラブ

発行者　松田陽三

発行所　中央公論新社

〒100-8152　東京都千代田区大手町1-7-1

電話　販売 03-5299-1730　編集 03-5299-1890

URL http://www.chuko.co.jp/

DTP　ハンズ・ミケ

印　刷　三晃印刷

製　本　小泉製本

Published by CHUOKORON-SHINSHA, INC.
Printed in Japan　ISBN978-4-12-206994-7 C1195

各書目の下段の数字はISBNコードです。978－4－12が省略してあります。

中公文庫既刊より

た-30-28
文章読本 谷崎潤一郎
正しく文学作品を鑑賞し、美しい文章を書こうと願うすべての人の必読書。文章入門としてだけでなく文豪の豊かな経験談でもある。〈解説〉吉行淳之介
202535-6

み-9-15
文章読本 新装版 三島由紀夫
あらゆる様式の文章・技巧の面白さ美しさを、該博な知識と豊富な実例と実作の経験から詳細に解明した万人必読の書。人名・作品名索引付。〈解説〉野口武彦
206860-5

み-9-11
小説読本 三島由紀夫
作家を志す人々のために「小説とは何か」を解き明かし、自ら実践する小説作法を披瀝する、三島由紀夫による小説指南の書。〈解説〉平野啓一郎
206302-0

ま-17-9
文章読本 丸谷才一
当代の最適任者が多彩な名文を実例に引きながら文章の本質を明かし、作文のコツを具体的に説く。最も正統的で実際的な文章読本。〈解説〉大野晋
202466-3

ほ-12-10
書きあぐねている人のための小説入門 保坂和志
小説を書くために本当に必要なことは？　実作者が教える、必ず書けるようになる小説作法。執筆の裏側を見せる「創作ノート」を追加した増補決定版。
204991-8

き-30-15
エッセイの書き方 読んでもらえる文章のコツ 岸本葉子
エッセイ道30年の人気作家が、スマホ時代の文章術を大公開。起承転結の転に機転を利かし自分の「えーっ」を読み手の「へえーっ」に換える極意とは？
206623-6

よ-17-12
贋食物誌《にせしょくもつし》 吉行淳之介
たべものを話の枕にして、豊富な人生経験を自在に語る、洒脱なエッセイ集。本文と絶妙なコントラストを描く山藤章二のイラスト一〇一点を併録する。
205405-9

よ-17-13
不作法のすすめ
吉行淳之介
文壇きっての紳士が語るアソビ、紳士の条件。著者自身の酒場における変遷やダンディズム等々を通して「人間らしい人間」を指南する洒脱なエッセイ集。
205566-7

よ-17-14
吉行淳之介娼婦小説集成
吉行淳之介
赤線地帯の疲労が心と身体に降り積もり、街から抜け出せなくなる繊細な神経の女たち。「赤線の娼婦」を描いた全十篇に自作に関するエッセイを加えた決定版。
205969-6

よ-17-9
酒中日記
吉行淳之介編
吉行淳之介、北杜夫、開高健、安岡章太郎、瀬戸内晴美、遠藤周作、阿川弘之、結城昌治、近藤啓太郎、生島治郎、水上勉他——作家の酒席をのぞき見る。
204507-1

よ-17-10
また酒中日記
吉行淳之介編
銀座や赤坂、六本木で飲む仲間との語らい酒、先輩たちと飲む昔を懐かしむ酒——文人たちの酒にまつわる出来事や思いを綴った酒気漂う珠玉のエッセイ集。
204600-9

よ-17-11
好色一代男
吉行淳之介訳
生涯にたわむれし女三千七百四十二人、終には女護の島へと船出し行方知れずとなる稀代の遊蕩児世之介の物語が、最高の訳者を得て甦る。〈解説〉林　望
204976-5

た-30-6
鍵　棟方志功全板画収載
谷崎潤一郎
妻の肉体に死をすら打ち込む男と、死に至るまで誘惑することを貞節と考える妻。性の悦楽と恐怖を限界点まで追求した問題の長篇。〈解説〉綱淵謙錠
200053-7

た-30-7
台所太平記
谷崎潤一郎
若さ溢れる女性たちが惹き起す騒動で、千倉家のお台所はてんやわんや。愛情とユーモアに満ちた筆で描く抱腹絶倒の女中さん列伝。〈解説〉阿部　昭
200088-9

た-30-10
瘋癲《ふうてん》老人日記
谷崎潤一郎
七十七歳の卯木は美しく驕慢な嫁颯子に魅かれ、変形的間接的な方法で性的快楽を得ようとする。老いの身の性と死の対決を芸術の世界に昇華させた名作。
203818-9

各書目の下段の数字はISBNコードです。978－4－12が省略してあります。

た-30-11
人魚の嘆き・魔術師
谷崎潤一郎
愛親覚羅氏の王朝が六月の牡丹のように栄え耀いていた時分――南京の貴公子の人魚への讃嘆、また魔術師と半羊神の妖しい世界に遊ぶ。〈解説〉中井英夫
200519-8

た-30-13
細雪（全）
谷崎潤一郎
大阪船場の旧家蒔岡家の美しい四姉妹を優雅な風俗・行事とともに描く。女性への永遠の願いを〝雪子〟に託す谷崎文学の代表作。〈解説〉田辺聖子
200991-2

た-30-18
春琴抄・吉野葛
谷崎潤一郎
美貌と才気に恵まれた盲目の地唄の師匠春琴。その弟子佐助は献身と愛ゆえに自らも盲目となる――代表作『春琴抄』と『吉野葛』を収録。〈解説〉河野多恵子
201290-5

た-30-24
盲目物語
谷崎潤一郎
長政・勝家二人の武将に嫁し、戦国の残酷な世を生きた小谷方と淀君ら三人の姫君の境涯を、盲いの法師が絶妙な語り口で物語る名作。〈解説〉佐伯彰一
202003-0

た-30-26
乱菊物語
谷崎潤一郎
戦乱の室町、播州の太守赤松家と執権浦上家の確執を史的背景に、谷崎が〝自由なる空想〟を繰り広げた伝奇ロマン（前篇のみで中断）。〈解説〉佐伯彰一
202335-2

た-30-27
陰翳礼讃
谷崎潤一郎
日本の伝統美の本質を、かげや隈の内に見出す「陰翳礼讃」「厠のいろいろ」を始め、「恋愛及び色情」「客ぎらい」など随想六篇を収む。〈解説〉吉行淳之介
202413-7

た-30-46
武州公秘話
谷崎潤一郎
敵の首級を洗い清める美女の様子にみせられた少年――戦国時代に題材をとり、奔放な着想をもりこんで描かれた伝奇ロマン。木村荘八挿画収載。〈解説〉佐伯彰一
204518-7

た-30-47
聞《きき》書《がき》抄《しょう》
谷崎潤一郎
落魄した石田三成の娘の前にあらわれた盲目の法師。彼が語りはじめたこの世の地獄絵巻とは。菅楯彦による連載時の挿画七十三葉を完全収載。〈解説〉千葉俊二
204577-4

た-30-50
少将滋幹《しげもと》の母　谷崎潤一郎
母を恋い慕う幼い滋幹は、宮中奥深く権力者に囲われた母の元に通う。平安文学に材をとった谷崎文学の傑作。小倉遊亀による挿画完全収載。〈解説〉千葉俊二
204664-1

た-30-52
痴人の愛　谷崎潤一郎
美少女ナオミの若々しい肢体にひかれ、やがて成熟したその奔放な魅力のとりことなった譲治。女の魔性に跪く男の惑乱と陶酔を描く。〈解説〉河野多恵子
204767-9

た-30-53
卍（まんじ）　谷崎潤一郎
光子という美の奴隷となった柿内夫妻は、卍のように絡みあいながら破滅に向かう。官能的な愛のなかに心理的マゾヒズムを描いた傑作。〈解説〉千葉俊二
204766-2

た-30-54
夢の浮橋　谷崎潤一郎
夭折した母によく似た継母。主人公は継母への憧れと生母への思慕から二人を意識の中で混同させてゆく。谷崎文学における母恋物語の白眉。〈解説〉千葉俊二
204913-0

た-30-55
猫と庄造と二人のをんな　谷崎潤一郎
猫に嫉妬する妻と元妻、そして女より猫がかわいくてたまらない男が繰り広げる軽妙な心理コメディの傑作。安井曾太郎の挿画収載。〈解説〉千葉俊二
205815-6

い-38-3
珍品堂主人 増補新版　井伏鱒二
風変わりな品物を掘り出す骨董屋・珍品堂を中心に善意と奸計が織りなす人間模様を鮮やかに描く。関連エッセイを増補した決定版。〈巻末エッセイ〉白洲正子
206524-6

い-38-4
太宰治　井伏鱒二
師として友として太宰治と親しくつきあった井伏鱒二。二十年ちかくにわたる交遊の思い出や作品解説など太宰に関する文章を精選集成。〈あとがき〉小沼 丹
206607-6

い-38-5
七つの街道　井伏鱒二
篠山街道、久慈街道……。古き時代の面影を残す街道を歩いて、史実や文献を辿りつつ、その今昔を風趣豊かに描いた紀行文集。〈巻末エッセイ〉三浦哲郎
206648-9

各書目の下段の数字はＩＳＢＮコードです。978－4－12が省略してあります。

う-3-7
生きて行く私
宇野千代
〝私は自分でも意識せずに、自分の生きたいと思うように生きて来た〟ひたむきに恋をし、ひたすらに前を見つめて歩んだ歳月を率直に綴った鮮烈な自伝。
201867-9

う-3-17
青山二郎の話・小林秀雄の話
宇野千代
稀代の目利きと不世出の批評家を無垢の眼で捉えた全文集。両者と大岡昇平による著者をめぐるエッセイを併録。文庫オリジナル。〈解説〉林秀雄・宇月原晴明
206811-7

か-30-1
美しさと哀しみと
川端康成
京都を舞台に、日本画家上野音子、その若い弟子けい子、作家大木年雄の綾なす愛の色模様。哀しさの極みに開く官能美の長篇名作。〈解説〉山本健吉
200020-9

か-30-6
伊豆の旅
川端康成
著者の第二の故郷であった伊豆を舞台とする小説と随筆から、代表的な短篇「伊豆の踊子」、随筆「伊豆序説」など、全二十五篇を収録。〈解説〉川端香男里
206197-2

み-9-9
作家論　新装版
三島由紀夫
森鷗外、谷崎潤一郎、川端康成ら作家15人の詩精神と美意識を解明。『太陽と鉄』と共に「批評の仕事の二本の柱」と自認する書。〈解説〉関川夏央
206259-7

み-9-10
荒野より　新装版
三島由紀夫
不気味な青年の訪れを綴った短編「荒野より」、東京五輪観戦記「オリンピック」など、〈楯の会〉結成前の心境を綴った作品集。〈解説〉猪瀬直樹
206265-8

み-9-12
古典文学読本
三島由紀夫
「日本文学小史」をはじめ、独自の美意識によって古今集や能、葉隠まで古典の魅力を綴った秀抜なエッセイを初集成。文庫オリジナル。〈解説〉富岡幸一郎
206323-5

み-9-13
戦後日記
三島由紀夫
「小説家の休暇」「裸体と衣裳」ほか、昭和二十三年から四十二年の間日記形式で発表されたエッセイを年代順に収録。三島による戦後史のドキュメント。
206726-4

み-9-14
太陽と鉄・私の遍歴時代
三島由紀夫

三島文学の本質を明かす自伝的作品二編に、自死直前のロングインタビュー「三島由紀夫最後の言葉」（聞き手・古林尚）を併録した決定版。〈解説〉佐伯彰一

206823-0

み-9-16
谷崎潤一郎・川端康成
三島由紀夫

世界的な二大文豪を三島由紀夫はどう読んだのか。両者をめぐる批評・随筆を初集成した谷崎・川端文学への最良の入門書。文庫オリジナル。〈解説〉梶尾文武

206885-8

み-9-17
三島由紀夫 石原慎太郎 全対話
三島由紀夫
石原慎太郎

一九五六年の「新人の季節」から六九年の「守るべきものの価値」まで初収録三編を含む全九編。七〇年の士道をめぐる論争、石原のインタビューを併録する。

206912-1

し-10-5
新編 特攻体験と戦後
島尾敏雄
吉田満

戦艦大和からの生還、震洋特攻隊隊長という極限の実体験とそれぞれの思いを二人の作家が語り合う。関連するエッセイを加えた新編増補版。〈解説〉加藤典洋

205984-9

し-10-6
妻への祈り 島尾敏雄作品集
島尾敏雄
梯久美子編

加計呂麻島での運命の出会いから、二人はどのようにして『死の棘』に至ったのか。島尾敏雄の諸作品から妻ミホの姿を浮かび上がらせる、文庫オリジナル編集。

206303-7

し-11-2
海辺の生と死
島尾ミホ

記憶の奥に刻まれた奄美の暮らしや風物、幼時の思い出、特攻隊長として島にやって来た夫島尾敏雄との出会いなどを、ひたむきな眼差しで心のままに綴る。

205816-3

や-1-2
安岡章太郎 戦争小説集成
安岡章太郎

軍隊生活の滑稽と悲惨を巧みに描いた長篇「遁走」ほか、短篇五編を含む文庫オリジナル作品集。巻末に開高健との対談「戦争文学と暴力をめぐって」を併録。

206596-3

や-1-3
とちりの虫
安岡章太郎

ユーモラスな自伝的回想、作家仲間とのやりとり、鋭く笑える社会観察など、著者の魅力を凝縮した随筆集。阿川弘之と遠藤周作のエッセイも収録。〈解説〉中島京子

206619-9

各書目の下段の数字はISBNコードです。978 - 4 - 12が省略してあります。

や-1-4
私の濹東綺譚 増補新版 安岡章太郎
名作の舞台と戦争へと向かう時代を合わせて読み解く、昭和の迷宮への招待状。評論「水の流れ」を増補し、荷風『濹東綺譚』を全編収載。〈解説〉高橋昌男
206802-5

や-1-5
利根川・隅田川 安岡章太郎
流れに魅せられた著者が踏査したユニークな利根川紀行と、空襲前の東京の面影をとどめていた隅田川の思い出を綴った好エッセイ。〈巻末エッセイ〉平野　謙
206825-4

ま-17-13
食通知つたかぶり 丸谷才一
美味を訪ねて東奔西走、和漢洋の食を通して博識が舌上に転がすは香気充庖の文明批評。序文に夷齋學人・石川淳、巻末に著者がかつての健啖ぶりを回想。
205284-0

ま-17-14
文学ときどき酒 丸谷才一対談集 丸谷才一
吉田健一、石川淳、里見弴、円地文子、大岡信ら一流の作家・評論家たちと丸谷才一が杯を片手に語り合う。最上の話し言葉に酔う文学の宴。〈解説〉菅野昭正
205500-1

お-10-3
光る源氏の物語（上） 大野　晋／丸谷才一
当代随一の国語学者と小説家が、全巻を縦横無尽に読み解き丁々発止と意見を闘わせた、斬新で画期的な『源氏論』。読者を難解な大古典から恋愛小説の世界へ。
202123-5

お-10-4
光る源氏の物語（下） 大野　晋／丸谷才一
『源氏』は何故に世界に誇りうる傑作たり得たのか。詳細な文体分析により紫式部の深い能力を論証する。『源氏』解釈の最高の指南書。〈解説〉瀬戸内寂聴
202133-4

お-10-8
日本語で一番大事なもの 大野　晋／丸谷才一
国語学者と小説家の双璧が文学史上の名作を俎上に載せ、それぞれの専門から徹底的に語り尽くす知的興奮に満ちた対談集。〈解説〉大岡信／金田一秀穂
206334-1

ま-17-11
二十世紀を読む 丸谷才一／山崎正和
昭和史と日蓮主義から『ライフ』の女性写真家まで、皇女から匪賊まで、人類史上全く例外的な百年を、大知識人二人が語り合う。〈解説〉鹿島　茂
203552-2

各書目の下段の数字はISBNコードです。978－4－12が省略してあります。

お-2-18
成城だより 付・作家の日記
大岡 昇平
文学、映画、漫画……闊達に綴った日記文学。一九七九年十一月から八〇年十月まで。「作家の日記」を併録。全三巻。〈巻末付録〉小林信彦・三島由紀夫
206765-3

お-2-19
成城だよりⅡ
大岡 昇平
六十五年を読書にすごせし、わが一生、本の終焉と共に終らんとす――。大いに読み、書く日々。一九八二年一月から十二月まで。〈巻末エッセイ〉保坂和志
206777-6

お-2-20
成城だよりⅢ
大岡 昇平
とにかくひどい戦後四十年目だった――。防衛費一％枠撤廃、靖国参拝……戦後派作家の慷慨。一九八五年一月から十二月まで。全巻完結。〈解説〉金井美恵子
206788-2

く-20-1
猫
クラフト・エヴィング商會
井伏鱒二／谷崎潤一郎 他
猫と暮らし、猫を愛した作家たちが思い思いに綴った珠玉の短篇集が、半世紀ぶりに生まれかわる。ゆったり流れる時間のなかで、人と動物のふれあいが浮かび上がる、贅沢な一冊。
205228-4

く-20-2
犬
クラフト・エヴィング商會
川端康成／幸田文 他
ときに人に寄り添い、あるときは深い印象を残して通り過ぎていった名犬、番犬、野良犬たち。彼らと出会い、心動かされた作家たちの幻の随筆集。
205244-4

あ-84-1
女体についての八篇 晩菊
安野モヨコ選・画
太宰治／岡本かの子／森茉莉 他
はたかれる頬、蚤が戯れる乳房、老人を踏む足、不老の童女……文豪たちが「女体」を讃える珠玉の短篇に、安野モヨコが挿画で命を吹きこんだ贅沢な一冊。
206243-6

あ-84-2
女心についての十篇 耳瓔珞《みみようらく》
安野モヨコ選・画
芥川龍之介／有吉佐和子／円地文子 他
わからないなら、触れてみる？ 女の胸をかき乱す、淋しさ、愛欲、諦め、悦び――。安野モヨコが愛した、女心のひだを味わう短篇集シリーズ第二弾。
206308-2

あ-84-3
背徳についての七篇 黒い炎
安野モヨコ選・画
幸田文／久生十蘭／永井荷風 他
全員淫らで、人でなし。不倫、乱倫、子殺し……濃密に咲き乱れる、人間たちの〝裏の顔〟。安野モヨコの挿絵とともに、永井荷風や幸田文たちの名短篇が蘇る。
206534-5